Goldmann
Rote KRIMI

MARGARET YORKE

Eine lasterhafte Frau

THE SMALL HOURS OF THE MORNING

Kriminalroman

WILHELM GOLDMANN VERLAG MÜNCHEN

KRIMI VERLAG AG WOLLERAU/SCHWEIZ

Die Hauptpersonen des Romans sind:

Cecil Titmuss	Bibliothekar, etwas pedantisch und seiner Frau entschieden zu ruhig
June Titmuss	seine schöne, leidenschaftliche Frau, die ihrer langweiligen Ehe mit einem Liebhaber für Stunden zu entkommen versucht
Ted Jessop	gutaussehender Taxifahrer und Junes Liebhaber
Lorna Gibson	Sprechstundenhilfe, ein verklemmtes, merkwürdiges Mädchen
Dorothy Malmesbury	alte, vermögende Dame, trotz ihres Alters noch sehr couragiert
Ray Brett	jugendlicher Ganove, der irgendwann zu viel wagt

Der Roman spielt in einer englischen Kleinstadt.

Made in Germany · I · 1110
 Umschlagentwurf: Ilsegard Reiner. Umschlagfoto: Bildarchiv Marion Schweitzer. Satz: IBV Lichtsatz KG, Berlin. Druck: Presse-Druck Augsburg. 4630 KRIMI be/ho
ISBN 3-442-04630-0

I

Cecil Titmuss war ein sorgfältiger Mensch. Immer wenn er seinen Wagen verließ, und sei es auch nur für kurze Zeit, achtete er darauf, daß das Lenkradschloß eingerastet war; abends leerte er seine Hosentaschen von den Münzen und sortierte diese in ordentlichen Reihen auf seinem Nachttischchen. Er schrieb täglich die Maximum- und Minimumtemperaturen neben dem Thermometer an der Hintertür seines Hauses ›The Linden‹ in die dort angebrachte Liste; die Haustüren waren mit Sicherheitsschlössern, die Fenster mit festen Riegeln versehen; er machte jeden Morgen vor dem Frühstück sechs Liegestütze und aß grundsätzlich keine Butter. Er hatte sorgfältig auf Familienplanung geachtet, und das Ergebnis, ein Mädchen mit acht und ein Junge mit sechs Jahren, schliefen schon lange in den Betten im Kinderzimmer.

June sah ihm zu, wie er sein schütteres braunes Haar bürstete, das pünktlich alle zwei Wochen geschnitten wurde. Danach würde er sich zu ihr auf die Schlummersanft-Matratze legen. Er würde den Wecker auf dem Regal neben dem Bett aufziehen und stellen, würde seufzen, sie zärtlich aber ohne jegliche Leidenschaft küssen und dann einschlafen, wie es sich gehörte. Für etwaige Leidenschaften war das Wochenende vorbehalten, und heute war Montag.

Alles kam wie erwartet. Nach einer Weile lauschte sie seinem gleichmäßigen Atem. Zum Glück schnarchte Cecil nie. Dann schlüpfte sie aus dem Bett und ging hinunter ins Eßzimmer, wo eine halbvolle Flasche Gin in der Vitrine stand. Sie goß sich einen Schluck Gin in ein Glas, gab Martini Rosso dazu und ging dann mit dem Glas in der Hand zum Fenster. Eine angenehme Wärme durchströmte ihren Körper.

June erinnerte sich kaum noch an die Zeit, als Cecils Zuverlässigkeit eine große Anziehungskraft auf sie ausübte; das war, nachdem

Barry, ihr damaliger Verlobter, überraschend mit der Frau des Baptistenpfarrers durchgebrannt war. Wenn man das überhaupt als Durchbrennen bezeichnen konnte. Immerhin waren die beiden nun schon seit Jahren verheiratet. Es schmerzte June noch immer, wenn sie daran dachte. Der Pfarrer hatte seinen Stolz und seine Würde bewahrt und sich nach Uganda auf eine Missionsstation versetzen lassen; sie selbst flüchtete zu Cecil, der gerade neu als Bibliothekar in die Stadt gekommen war. Kennengelernt hatten sie sich, als sie ein längst überfälliges Buch zurückbrachte. Cecil hatte ihr unter Bedauern die erhöhte Leihgebühr abgeknöpft, und ihr, als sie kurz vor Schließung unschlüssig an den Regalen entlangwanderte, ein Buch vorgeschlagen. Fünf Minuten später kam er aus der Bibliothek und sah sie unter dem vorspringenden Dach stehen, verzweifelt hinaussehend in den Regen, der am frühen Abend eingesetzt hatte.

Cecil hatte einen Regenschirm bei sich, obwohl am Morgen, als er sein Untermietzimmer verließ, die Sonne geschienen hatte; manchmal zahlte es sich eben doch aus, wenn man für alles gerüstet war. Er bot ihr seine Begleitung an, und das Ganze endete damit, daß er sie zum Abendessen ausführte. Drei Monate später waren sie verheiratet. Es war die erste impulsive Tat Cecils, seit er erwachsen war; danach hatte er sich nie mehr wieder zu etwas Entsprechendem hinreißen lassen.

June trank ihren Gin mit Martini aus, stellte die Flaschen in die Vitrine, ging in die Küche, spülte die Gläser aus. Auf dem Weg nach oben ins Schlafzimmer stieß sie mit der Zehe an eine Treppenstufe und fluchte leise.

Cecil schlief fest. Er bewegte sich im Schlaf, als sie neben ihm ins Bett schlüpfte, und ein Arm legte sich um ihre Schultern. Sie schob ihn weg. Völlig bedeutungslos, dachte sie dabei. Dann lag sie auf dem Rücken und schloß die Augen. Der Gin tat seine Wirkung, und sie fühlte sich in angenehmer Weise warm, als ob sie durch seichtes Wasser schwimme. Sie dachte an Palmen, an blauen Himmel und an das Meer.

Der Beobachter gegenüber sah, wie in ›The Linden‹ die Lichter ausgingen. Die Szene im Eßzimmer mit June in ihrem Nachthemd war deutlich zu sehen gewesen, vergrößert durch das starke Nachtglas. Der unsichtbare Zeuge wartete in der ihn umgebenden Dunkelheit, aber das Haus blieb finster. Nach einiger Zeit schlich er sich auf leisen Sohlen davon. Es war ein Uhr morgens.

Ted Jessop polierte liebevoll den alten Humber, wie ein Reitknecht, der sein Lieblingspferd striegelt. Der schwarze Lack der Karosserie glänzte und funkelte, das Chrom war blank. Kein Stäubchen, kein Fleck auf den Polstern im Inneren, ebensowenig wie auf dem braunen Teppich im Fond. Auf solche Kleinigkeiten kam es an. Seine Aufträge wurden immer mehr, seit er Burton, dem Begräbnisunternehmer, einmal ausgeholfen hatte, nachdem einer von dessen Wagen durch einen Verkehrsunfall zerstört worden war. Burton hatte ihn mehrmals bei Begräbnissen engagiert, wenn zusätzliche Wagen für die Trauergäste benötigt wurden; Ted war dem Trauerzug gefolgt, hatte einen betrübten Gesichtsausdruck und eine schwarze Krawatte zur Schau getragen. Und so hatte eins zum anderen geführt; jetzt war er beinahe jeden Samstag mit Hochzeiten ausgebucht, und weil er zuverlässig war, wandten sich auch nicht selten die beiden größeren Firmen von Felsbury an ihn, wenn sie ein Taxi benötigten. Jeden Dienstag fuhr er eine alte Dame zum Einkaufen und in die Bibliothek, wo sie ihre Bücher umtauschte; manchmal ging der Auftrag fast über den ganzen Tag, wenn die alte Dame Besuche machte oder ins Kino ging. Meistens sah er sich dann den Film auch an, saß auf einem der billigeren Plätze und verließ das Kino kurz vor dem Ende, damit er die alte Dame vor dem Eingang in Empfang nehmen konnte. Er hatte sie übrigens bei einer Beerdigung kennengelernt. Eine nette alte Frau, Mrs. Malmesbury; sie wohnte in einem der neuen Apartmenthäuser am Stadtrand. Heute sollte er sie um elf Uhr vormittags dort abholen. Es kostete sie eine Menge Geld, ihn stundenlang zu behalten, aber es war bestimmt billiger, als wenn sie sich selbst einen Wagen mit Chauffeur hielt, was sie früher sicher getan hatte. Ted hatte den Humber billig bekommen, als man ihn praktisch schrottreif in Charlie Coopers Garage brachte. Er hatte seit seiner Militärzeit mit Charlie zusammengearbeitet. Und er hatte beim Militär viel von Motoren gelernt – und die Welt gesehen. Den Fernen Osten, Cypern und Deutschland. Er hatte ein bißchen Gespartes zusammengebracht und sich damit den Humber abends und nachts nach und nach wieder zusammengebaut. Wenn er Zeit hatte, half er Charlie immer noch bei Reparaturarbeiten aus; ein erfahrener Automechaniker wurde immer gebraucht. Es gab hier und da ein paar magere Wochen, aber sie wurden zum Glück immer seltener; er hatte keine Schulden und außer dem Wagen nur wenig Ausgaben; lediglich sein Essen und die Miete für sein Zimmer. Auch hierbei hatte er Glück gehabt und war in einem günstigen Haus untergekommen; der Stadtteil sollte in absehbarer Zukunft saniert werden, und bis dahin hatte er Zeit, sich nach etwas Neuem umzusehen, möglicherweise sogar ein wenig außerhalb. Wenn er sich erst einen festen Kundenstamm erarbeitet hatte, spielte die Entfernung keine Rolle.

Mrs. Malmesbury pflegte pünktlich vor der Haustür zu erscheinen, und er half ihr dann in den Wagen, als wäre sie eine besonders kostbare und zerbrechliche Fracht. Sie war es wohl auch gewesen, zumindest für Mr. Malmesbury, der ihr ein erkleckliches Vermögen hinterlassen haben mußte. Sie hatte keine Kinder; ihr Sohn, ein Kampfpilot, war im Krieg umgekommen, wie sie ihm einmal erzählte.

Heute mußte sie vor der Bibliothek zum Zahnarzt. Ted hielt vor Mr. Bryan Vigors Praxis und half Mrs. Malmesbury aus dem Wagen und bis vor die Tür. Eine mürrische junge Frau im weißen Kittel mit bleichem Gesicht und dunklem, streng frisiertem Haar, öffnete und trat zurück. Mrs. Malmesbury, die beim Gehen wegen ihrer arthritischen Hüfte große Schwierigkeiten hatte, quälte sich die letzte Treppe hoch und trat über die Schwelle. Ted, der ihr gerade noch versicherte, daß er draußen warten und sie zum Wagen begleiten würde, stellte fest, daß man ihm die Tür praktisch vor der Nase zuschlug. Er stand verdutzt da, starrte auf die lackierte Tür, und sein

Satz blieb unvollendet.

»Verdammte Ziege«, sagte er laut, wobei er die Praxishilfe meinte. Dann ging er zurück zum Wagen, nahm ein Taschenbuch aus dem Handschuhfach und machte es sich auf dem Fahrersitz bequem.

»Guten Morgen, Mrs. Malmesbury«, dröhnte Mr. Bryan Vigors, als die alte Dame in sein Sprechzimmer humpelte. Die steile Treppe nach oben war sehr beschwerlich gewesen für sie, und die Sprechstundenhilfe war einfach vorausgelaufen, ohne sich um sie zu kümmern.

Mr. Virgors half ihr in den Sessel und murmelte ein paar Worte über das Wetter, während Mrs. Malmesbury allmählich wieder Atem schöpfte.

»Leichte Schmerzen, hier«, sagte sie und deutete auf einen Mahlzahn.

»Mal sehen. Hm.« Mr. Vigors beugte sich über sie, und seine braunen Augen schauten in ihren offenen Mund. Vigors war ein großer Mann mit lockigem, braunem Bart, den er während der Arbeit unter einer Chirurgenmaske verbarg. Er prüfte Mrs. Malmesburys Zähne; sie hatte nur drei falsche an einer Spange, der Rest waren ihre eigenen. Er zog die Stirn in Falten. Überlegte sich, daß es nicht gut war, wenn sie in ihrem Alter nach der Extraktion mit dem Bus nach Hause fuhr.

»Sind Sie mit dem Bus hier?« fragte er.

»Nein. Mit einem Mietwagen.« Mrs. Malmesbury erzählte von Ted. »Er fährt mich einmal die Woche zum Einkaufen. Er ist ein so netter junger Mann, und so verläßlich.«

»Holt er Sie nachher ab?«

»Er wartet draußen«, sagte Mrs. Malmesbury.

»Gut. Nun, dann können wir es wagen. Den einen Zahn werden Sie kaum vermissen«, sagte Mr. Vigors. Er hoffte, daß sie sich nicht aufregte, aber man konnte nie wissen. Sie war eine schwache alte Frau, fast achtzig.

»Miss Gibson.« Er wandte sich an die Sprechstundenhilfe und bat sie, die Spritze herzurichten.

Bis die Betäubungsspritze wirkte, überprüfte Mr. Vigors ihre übrigen Zähne, kratzte hier und da ein wenig daran herum. Miss Gibson zog sich zurück und füllte das Karteiblatt aus. Sie war tüchtig; Vigors wünschte, er könnte sie besser leiden, dachte er jetzt, als sie mit einer nierenförmigen Schale zurückkam.

»Es hat überhaupt nicht wehgetan«, sagte Mrs. Malmesbury wahrheitsgemäß. Sie zitterte freilich ein wenig und spuckte Blut in die Schüssel. Mr. Vigors ließ sich Zeit.

»Na, alles in Ordnung?« Er half ihr aus dem Sessel. »Möchten Sie sich noch ein bißchen erholen, unten im Wartezimmer?«

Lorna Gibson machte eine Bewegung, als wolle sie Mrs. Malmesburys Arm ergreifen, zog sich aber sofort wieder zurück. Die alte Dame ging ohne Hilfe zur Tür. »Nein, nein, vielen Dank. Mr. Vigors«, sagte sie. »Wiedersehen.«

Und sie humpelte unter Schmerzen die Treppe hinunter. Die Sprechstundenhilfe war vorausgelaufen und stand unten im Foyer, bereit, ihr die Tür zu öffnen.

Mr. Vigors sah von oben, daß Lorna Gibson keinen Versuch machte, der Alten zu helfen. Mit ein paar Schritten war er bei ihr und schleppte sie praktisch die letzten Treppen nach unten, schaute Lorna dabei vorwurfsvoll an.

»So, jetzt geht's, nicht wahr?« Er begleitete sie persönlich hinaus.

Ted stand schon bereit; Mrs. Malmesbury wurde im Wagen verstaut, und die beiden fuhren weg.

»Entschuldigen Sie, Mr. Vigors«, kam Lorna einem eventuellen Tadel zuvor. »Ich hätte ihr natürlich helfen müssen. Aber ich konnte sie einfach nicht anfassen.«

»Nicht anfassen?« bellte Vigors. »Aber warum denn nicht?«

»Ich weiß nicht. Kann es nicht erklären«, sagte Lorna. »Der nächste Patient wartet schon.«

Sie ging die Treppe hinauf und war gleich danach damit beschäftigt, das Sprechzimmer aufzuräumen und frische Papiertücher auszulegen.

Nicht anfassen? Mrs. Malmesbury roch doch nicht unangenehm. Im Gegenteil, sie war eine besonders nette alte Dame, fand Mr. Vigors.

Er überlegte sich, ob er Lorna nicht kündigen sollte, trotz ihrer Tüchtigkeit und Umsicht. Irgend etwas schien diesem Mädchen zu fehlen – aber was?

Als Teil des Stadtentwicklungsplanes hatte man in Felsbury ein neues Zentrum mit Einkaufsmöglichkeiten gebaut, und in einem modernen Betonwürfel war neben der Stadtverwaltung auch eine schöne, moderne Bibliothek untergebracht. Eine weiträumige, großzügige Bibliothek mit großem Lesesaal und viel Platz für die Bücher. Die seltener gewünschten Bände waren im Tiefgeschoß gelagert. Cecil Titmuss war der stellvertretende Leiter der Bibliothek, und jedesmal, wenn er die modernen Räume betrat, verspürte er so etwas wie freudige Erregung. Das war schon etwas anderes als die Zweigstelle in Snettlesham, ein düsteres, vollgepfropftes Loch mit schokoladebraunen Regalen und nachgedunkelten weißen Wänden. Freilich auch ein geheiligter Ort, denn dort hatte er immerhin June kennengelernt; sie waren nach Felsbury gezogen, kurz bevor hier die Häuser- und Grundstückspreise in die Höhe kletterten, und hatten ein preiswertes viktorianisches Haus in einem der Vororte gekauft. Cecil war vor knapp einem Jahr auf seinen jetzigen Posten versetzt worden.

Einer der Nachteile seiner neuen Position bestand darin, daß der Großteil seiner Arbeit jetzt rein administrativer Art war. Er konnte nicht mehr seine Zeit mit den Büchern und den Lesern verbringen, sondern mußte Berichte schreiben, Statistiken führen und Einkaufspolitik betreiben. Das tat er in einem Büro, welches durch eine Glaswand vom Lesesaal abgetrennt war, die man zudem noch mit einer Jalousie undurchsichtig machen konnte.

Cecil schaute von Zeit zu Zeit durch die offenen Lamellen, um zu sehen, was drüben in der Leihstelle und im Lesesaal vor sich ging. Er kannte viele Besucher nicht nur vom Sehen, sondern dem Namen nach. Mehrere alte Männer verbrachten hier Tag für Tag ihre Zeit mit der Lektüre der Zeitungen, bequem in den kunstlederbezogenen Sesseln. Studenten arbeiteten, und Peter Guthrie, ein Schriftsteller, kam häufig vorbei. Auch jetzt war Guthrie drüben im Lesesaal. Cecil sah, wie er sich mit Miss Binks unterhielt. Er strahlte sie an; zweifellos redete er von seinem neuesten Werk. Sein letztes war erst vor einer Woche erschienen.

Cecil ging durch die gläserne Verbindungstür hinüber und begegnete Guthrie, als dieser gerade vom Schalter zu den Sesseln marschierte.

»Guten Morgen, Mr. Guthrie. Was macht das neue Buch?« fragte er.

»Oh – ich kann nicht klagen«, erwiderte der Schriftsteller und wedelte mit seiner Pfeife durch die Luft. Er war ein großer Mann, breitschultrig und schwergewichtig, das Gesicht eingerahmt von modisch langen Koteletten, mit eisengrauem Haar, das ihm bis über den Nacken fiel. »Der nächste Guthrie kommt noch vor Weihnachten.«

»Nein, wirklich? Wie schön.« Cecil fiel nichts mehr dazu ein, aber es war auch genug für Guthries Eitelkeit.

Eine leise Unruhe hinter den beiden Männern beendete den Austausch von Höflichkeitsfloskeln. Eine alte Dame, die auf den Schalter zuging, stöhnte und brach zusammen, blieb auf dem Linoleumboden liegen.

»Mein Gott, mein Gott!« sagte Guthrie, bückte sich und hob Mrs. Malmesburys Kopf hoch, bettete ihn auf seinen Arm.

»Legen Sie den Kopf zurück. Die Beine hoch«, befahl Cecil in autoritärem Ton. Er hatte einen Erste-Hilfe-Kurs hinter sich; man konnte nie wissen, was in einer Bibliothek alles passierte. »Sie wird bald zu sich kommen.«

Aber sie kam nicht zu sich. Sie stellten sich so auf, daß die anderen Besucher den kleinen Körper auf dem Boden nicht sehen konnten, aber eine junge Frau, die vorgab, Krankenschwester zu sein, trat neben sie und beugte sich ebenfalls über die Gestalt. Nach ein paar geflüsterten Worten reichte Guthrie seine Pfeife dem Bibliothekar, bückte sich und hob Mrs. Malmesbury auf. Sie war so klein und mager, daß sie kaum mehr wiegen mochte als ein Kind, und es bereitete dem starken Mann wenig Mühe, sie hinauszutragen in einen der Büroräume. Dort legte er sie auf drei nebeneinandergestellte Stühle.

»Vielleicht hat sie einen Herzanfall«, sagte die Krankenschwester. »Wir müssen unbedingt einen Krankenwagen rufen.«

Mrs. Malmesbury kam wöchentlich in die Bibliothek, und während sie ihre Bücher zurückgab und die neuen auslieh, fuhr Ted ein paarmal um den Block und kam zwanzig Minuten später zurück. Ein Wagen mit Chauffeur konnte trotz des Halteverbots kurz vor dem Gebäude anhalten; wenn ein Verkehrspolizist Schwierigkeiten machte, konnte man immer sagen, daß man auf eine ältere, gehbehinderte Dame warte. Heute allerdings wartete Ted eine ganze Weile und fragte sich schon, was Mrs. Malmesbury aufgehalten haben mochte, als sich ein Krankenwagen mit Sirene und Blinklicht näherte. Gleich danach kam eine kleine Prozession die Treppen von der Bibliothek herunter: die Bahre mit zwei Sanitätern, die Krankenschwester, Titmuss und Peter Guthries wuchtige Gestalt.

Ted wußte augenblicklich, wer auf der Bahre lag.

»Was ist denn passiert?« Er kam einen Schritt näher. »Sie ist doch nicht tot, oder?« Er blickte hinunter. Unter der Decke war nicht viel von Mrs. Malmesbury zu erkennen.

»Kennen Sie sie?« fragte Cecil.

»Ich bin ihr Chauffeur.«

»Dann kommen Sie mit ins Krankenhaus und geben dort ihre Personalien an«, sagte einer von den Sanitätern.

»Ja, natürlich. Sicher«, sagte Ted. Arme alte Frau. Sie hatte schon nicht gut ausgesehen, als sie vom Zahnarzt kam, und er hatte vorgeschlagen, sie solle gleich nach Hause fahren. Sie war einverstanden, sich für den Rest des Tages auszuruhen, bestand jedoch darauf, erst ihre Bücher umzutauschen. Außerdem hatte sie sich geweigert, daß Ted das für sie besorgte.

›Ein bißchen Bewegung tut mir gut‹, hatte sie gesagt.

»Ich komme auch mit«, erklärte jetzt Guthrie. Er hatte nichts zu tun vor dem Lunch, und so würde wenigstens die Zeit vergehen. Außerdem konnte man nie wissen, was man daraus für neue Eindrücke zu gewinnen vermochte.

»Meinetwegen«, meinte Ted. Warum auch nicht. Der Mensch war zur Stelle gewesen, als Mrs. Malmesbury zusammengebrochen war; vielleicht konnte er von Nutzen sein.

»Das ist sehr nett von Ihnen, Mr. Guthrie«, sagte Cecil, dem auf diese Weise jegliche weitere Verantwortung abgenommen war.

Die kleine Gruppe brach auf, und Cecil kehrte in sein Büro zurück. Dort machte er sich kurze Notizen über den Vorfall, einschließlich der Namen der Beteiligten. Man durfte sich in solchen Fällen nicht auf das Gedächtnis verlassen, und vielleicht kam es später auf die Details an.

Peter Guthrie machte es Spaß, in dem Humber zu fahren. Er und Ted gingen dann gemeinsam in die Notaufnahmestation und berichteten der Schwester, was sie über Mrs. Malmesbury wußten, die rasch weggefahren wurde. Sie hatte sich zu bewegen begonnen und sah nicht mehr so leichenblaß aus wie zuvor. Die beiden Männer waren nicht in der Lage, die Namen von Verwandten anzugeben, aber Ted versprach, sich im Cleveland Court, dem Apartmenthaus der alten Dame, ein wenig umzuhören.

»Das sind schöne Apartments«, sagte Guthrie, der in einem Dorf sechs Meilen außerhalb der Stadt wohnte. »Können Sie mich zurückfahren in die Stadt? Ich habe meinen Wagen auf dem Parkplatz beim Rathaus stehen.«

Ted erfüllte Guthries Wunsch. Unterwegs unterhielten sich die beiden Männer, und Guthrie erfuhr bald, wie Ted mit dem Mietwagengeschäft angefangen und was er beim Militär gemacht hatte. Guthrie selbst hatte während dem Krieg in Nordafrika gekämpft; er brütete zur Zeit an einer Abenteuerserie über einen Panzerkommandeur im Kampf gegen Rommel; schließlich waren Kriegsbücher zur Zeit sehr gefragt. Er würde sie allerdings unter einem Pseudonym veröffentlichen müssen. Ted gab ihm eine seiner Geschäftskarten, als Guthrie ausstieg. Man konnte nie wissen; der Mann machte irgendwie einen bedeutenden Eindruck und hatte vielleicht Freunde, die hier und da einen Mietwagen brauchten. Erst als er abends den Humber in die Garage fuhr und das Taschenbuch aus dem Handschuhfach nahm, merkte er, wer sein Fahrgast gewesen war: Auf dem Rücken des Buches prangte Guthries Foto.

2

Die Bibliothek war an fünf Abenden in der Woche bis zwanzig Uhr geöffnet, und Cecil machte Spätschicht wie jeder andere, mit Ausnahme von Dienstag, wo er schon um fünf wegging. Zu dieser Zeit setzte in Felsbury der abendliche Stoßverkehr ein, und es war ziemlich mühsam, vorwärtszukommen. Cecil entsicherte das Lenkradschloß, ließ den Wagen an und fuhr aus dem reservierten Parkplatz hinaus auf die Straße. June ging an diesem Abend zum Italienischkurs, und er selbst konnte so ungestört an seinem Modell von Notre Dame basteln, das er aus Streichhölzern herstellte. Er hatte bereits die Westminster Abbey, die Kathedrale von Wells und das Münster von York fertig und wollte Modelle von allen bedeutsamen Kirchenbauten Europas bauen.

Daß June gerade den Italienischkurs gewählt hatte, hing mit dem Abend zusammen, an dem sie außer Haus sein konnte, nämlich Dienstag. Cecil kam früh nach Hause und konnte sich um die Kinder kümmern. Und da sie sich weder für Badminton noch für Yoga interessierte – zwei weitere Kurse, die am Dienstagabend stattfanden –, war sie auf Italienisch gekommen. Außerdem hatte sie schon seit langem den Wunsch, einmal in den Ferien nach Italien zu fahren, und hoffte, daß sie mit italienischen Sprachkenntnissen Cecil eher dazu überreden konnte; die Kinder waren mittlerweile groß genug, und außerdem mußte so eine Reise nicht allzu teuer werden. Außerdem hatte sich June ohnehin dazu entschlossen, das Geld dafür selbst zu verdienen. Jetzt, wo beide Kinder zur Schule gingen, hatte sie sich eine Halbtagsstellung besorgt.

Cecil seufzte, als er daran dachte. June war eine ausgebildete Floristin und hatte einen Teilzeitjob im Blumengeschäft ›Floradora‹ angenommen. Er mußte zugeben, daß das Unternehmen bis jetzt recht gut gelaufen war; zu Hause ging keinem der Familie etwas ab, und June wirkte fröhlicher als seit langem. Sie arbeitete nur vormittags; in den Schulferien wollte sie eine Spielgruppe für die Kinder finden oder eine ältere Schülerin anstellen, die auf sie aufpaßte. Ihre Unabhängigkeit erschreckte Cecil; er hatte sich als junger Mann nicht träumen lassen, jemals eine so lebhafte Frau zu heiraten, und als er June kennenlernte, war ja auch tatsächlich ein großer Teil ihres Feuers durch den Schlag zum Erlöschen gebracht worden, den ihr Stolz oder ihr Herz bei der Trennung von Barry erlitten hatte. Cecil selbst hatte sich eigentlich eher ein gehorsames Wesen gewünscht, das zu ihm aufblickte; statt dessen hatte er eine energische Frau geheiratet, die sich nicht selten über seine Pedanterie lustig machte.

Cecil fühlte ein gewisses Schuldbewußtsein, weil er die Abende so sehr genoß, an denen June nicht im Haus war. War sie weg, gab es keine Herausforderungen für ihn, und er konnte sich richtig entspannen. Andererseits hatte er stets Sorgen, wenn sie allein mit dem Wagen unterwegs war, denn June fuhr sehr unbekümmert, hatte Mühe mit dem Parken und zerkratzte dabei gelegentlich auch einen Kotflügel oder die Stoßstange. Allerdings konnte man ihr nicht abstreiten, daß sie ein Gefühl fürs Autofahren besaß.

Er kam rechtzeitig nach Hause, um den Kindern vor dem Zubettgehen noch eine Geschichte vorlesen zu können; das tat er an jedem Abend, wenn er früher heimkam. An den Abenden mit Spätdienst übernahm das June, und es kam nicht selten vor, daß sie diese Aufgabe einfach vergaß.

Heute abend war ein Kapitel aus ›Der Wind in den Weiden‹ dran, während sich June zum Ausgehen fertig machte. Cecil war ein hervorragender Vorleser; er sprach die einzelnen Figuren der Geschichte mit veränderter Stimme, und die Kinder lauschten atemlos:

Janet in ihrem Bademantel, an den Vater gekuschelt, der auf Bartys Bett saß, während der kleine Junge Cecil nachdenklich anschaute.

June kam herein, um den Kindern gute Nacht zu sagen. Cecil ging anschließend mit ihr hinunter. Sie trug eine braune Hose, einen orangefarbenen Pullover und einen dunkelbraunen Trenchcoat, und Cecil fand, daß sie wunderschön aussah. Er schaute ihr nach, bis der Wagen um die Straßenecke verschwand, und ging dann langsam zurück ins Haus. Er wußte im Grunde nicht mehr von Junes Gedanken als bei ihrer Hochzeit und hatte nicht selten das Gefühl, daß sie für ihn immer unwirklicher wurde. Wenn sie sich liebten, wunderte er sich über seine eigene Vermessenheit, und am nächsten Morgen konnte er kaum glauben, daß es wirklich geschehen war. Aber da waren schließlich die Kinder, das konnte niemand abstreiten, und bei ihnen fühlte er sich vollkommen wohl. Er freute sich nicht gerade auf die Jahre, wenn sie rebellisch werden würden, aber jetzt waren sie noch lenkbar und liebten ihn.

Er hielt sich für einen glücklichen, zufriedenen Menschen.

Ted Jessop verbrachte eine mühsame und ergebnislose halbe Stunde mit dem Bemühen, im Cleveland Court Freunde von Mrs. Malmesbury ausfindig zu machen. Es gab keinen Portier, also klingelte er bei ihren unmittelbaren Nachbarn, aber weder hier noch dort schien jemand zu Hause zu sein. Schließlich hinterließ er eine Nachricht für den Hausmeister.

Am Nachmittag hatte er erst eine Fahrt zum Flughafen, und danach mußte er zwei Stadträte zu einem Dinner fahren. Solche Aufträge erhielt er jetzt nicht selten, denn die Honoratioren der Stadt wollten nicht Gefahr laufen, nach Banketten von Polizeistreifen überrascht und einem Alkoholtest unterworfen zu werden. Er lieferte sie an ihrem Bestimmungsort ab und fuhr danach in seine Wohnung, wo er sich ein paar Würstchen und ein Paket tiefgefrorene Pommes frites wärmte. Während des Essens mußte er wieder an Mrs. Malmesbury denken. Um seine Sorgen zu zerstreuen, beschloß er, etwas früher aufzubrechen, wenn er die Stadträte abholen mußte, und unterwegs noch im Krankenhaus anzurufen. Man würde ihm bestimmt sagen, ob die alte Dame inzwischen zu sich gekommen war, und ob man irgendwelche Angehörigen ausfindig gemacht hatte.

Er erfuhr, daß sich ihr Zustand gebessert hatte. Nein, noch hatte sie niemand besucht und ihr ein eigenes Nachthemd gebracht, aber sie würde wohl auch gut mit dem Nachthemd der Krankenanstalt auskommen. Sie hatte sich inzwischen so weit erholt, daß sie mit der Schwester reden konnte. Und sie hatte gebeten, eine Freundin zu benachrichtigen, die in ihrer Nähe wohnte. Ted erinnerte sich, daß Mrs. Malmesbury manchmal mit einer anderen älteren Dame zum Mittagessen ging.

Einigermaßen beruhigt fuhr Ted langsam durch die Straße und hielt Ausschau nach einem Pub, wo er einen Schluck trinken konnte, ehe er seine Fuhre abholte. Er parkte in einer ruhigen Straße in der Nähe von ›The Crown‹; nicht weit von der technischen Hochschule entfernt. Als er den Wagen abgestellt hatte, sah er eine Schar von Studenten, die nach den Abendklassen das Gebäude der Hochschule verließen. Ted hatte einen Freund, der dort in Abendkursen Motorentechnik lehrte, wenn Ted auch nicht wußte, an welchem Wochentag. Er ging langsam auf das Gebäude zu in der Absicht, Jack zu treffen und mit ihm gemeinsam in das Pub zu gehen. Der Hof der Hochschule stand voller Autos, und es herrschte ein ziemliches Durcheinander, weil jeder versuchte, als erster durch das Tor auf die Straße zu fahren. Es dämmerte, und die Luft roch schon deutlich nach Herbst. Ted fiel ein Gesicht auf, das ihm bekannt vorkam: ein großes, ziemlich eckiges junges Mädchen auf einem Fahrrad. Ja, natürlich: es war das verklemmte Luder, diese Sprechstundenhilfe beim Zahnarzt.

Er mußte ihr sagen, was mit der armen Mrs. Malmesbury passiert war. Möglicherweise hatte ihr der Zahnarzt ein falsches Medikament gegeben. Ted drehte sich nach ihr um.

»He – entschuldigen Sie!« rief er ihr nach, aber Lorna achtete nicht darauf.

Eingebildet und hochnäsig, dachte Ted. Er lief ein paar Schritte neben ihr her, und sie starrte ihn verständnislos an. Als ob er schlecht rieche oder aussehe wie ein Penner, dachte Ted.

»Äh – Miss, Sie arbeiten doch bei Mr. Vigors, nicht wahr?« sagte er.

»Ja.« Lorna hatte ihn zunächst nicht erkannt, aber jetzt, wo er sie mit ihrem Arbeitgeber in Verbindung brachte, erinnerte sie sich. Er trug keine Chauffeursmütze, hatte aber noch immer den marineblauen Anzug an.

Er berichtete ihr, was in der Bibliothek geschehen war.

»Oh – das tut mir aufrichtig leid. Aber das war bestimmt nicht eine Folge der Behandlung«, sagte Lorna, sofort bereit, ihren Arbeitgeber zu verteidigen.

»Schon möglich. Aber ich dachte, ich sollte es Ihnen trotzdem sagen.« Das Mädchen wirkte jetzt nicht mehr so hochnäsig; während er mit ihr sprach, hatten ihre Augen eher beunruhigt geflackert, fand Ted.

»Ich werde es Mr. Vigors mitteilen«, erklärte sie.

»Gut«, erwiderte Ted. Er wollte schon weggehen, als ihn irgend etwas zwang, sie noch einmal genau anzusehen. Kein Zweifel, sie wirkte erschreckt. »Gehen Sie zu den Abendkursen?« fragte er in freundlichem Ton.

»Ja«, sagte Lorna, und da er noch immer vor ihr stand und den Weg blockierte, fügte sie hinzu: »Italienisch.«

»Ach, tatsächlich? Das macht sicher Spaß –«

»Ja.«

Ted fiel nichts mehr ein. Sie stand hölzern da, und ihr Gesicht wurde allmählich wieder so ausdruckslos wie zuvor.

»Na, dann guten Abend«, sagte Ted und trat zur Seite.

»Guten Abend«, antwortete Lorna und trat in die Pedale.

Ted wandte sich wieder um und ging auf die Hochschule zu. Möglicherweise hatte er jetzt Jack verpaßt, vorausgesetzt, daß er überhaupt dortgewesen war, aber noch immer kamen Wagen durch das Tor. Über dem Dröhnen aufheulender Motoren vernahm er das

Orgeln eines Anlassers. Ein Wagen, der offenbar nicht anspringen wollte.

Es war ein cremefarbener Morris 1300, alt, aber gepflegt, und hinter dem Lenkrad saß eine junge Frau mit dichtem, haselnußbraunem Haar, das ihr jetzt ins Gesicht fiel, als sie ungeduldig den Zündschlüssel drehte.

»Sie vergeuden nur den Strom Ihrer Batterie«, sagte Ted, als er näher kam. »Sehen wir lieber erst mal nach. Sie haben doch noch genügend Benzin, oder?«

»Was? Ja, der Tank ist fast voll«, sagte June Titmuss. »Ich weiß nicht, warum er nicht anspringt. Auf der Fahrt hierher lief er ganz normal.«

Ted öffnete die Motorhaube, nahm den Zündstecker von einer Kerze ab und hielt ihn gegen die Masse.

»Lassen Sie nochmal an«, sagte er.

June tat es, wieder ohne Ergebnis.

»Aha. Hab' ich mir gedacht. Kein Zündfunke«, sagte Ted. Er nahm den Verteilerdeckel ab. »Kontakte. Wie meistens, wenn es nicht funkt.«

Er nahm ein Taschentuch und beugte sich in den Motorraum. June stieg aus dem Wagen und trat neben ihn, um zuzusehen. Ihr freundlicher Helfer hatte große, kräftige Hände mit stark gegliederten Fingern, die sich geschickt bewegten. Die Kontakte waren im Nu trockenpoliert.

»So, jetzt wird's wohl gehen«, sagte er.

»War das alles?« fragte June erstaunt.

»Ich hab' die Unterbrecherkontakte erst einmal provisorisch gereinigt, aber sie müssen bald einmal nachgesehen werden. Sonst stehen Sie demnächst wieder so da wie vorhin«, sagte er. »Jetzt versuchen Sie es noch einmal«, fügte er hinzu und sah dabei June zum erstenmal richtig an.

Sie hatte große Augen in einem ungewöhnlichen Braun, wärmer als die meisten braunen Augen; soviel konnte er sogar bei dem spärlichen Licht erkennen, das auf dem Hof herrschte. Sie duftete angenehm und war genau so groß, wie es zu ihr paßte, dachte Ted, während sie wieder in den Wagen stieg.

Der Wagen sprang sofort an.

»Kann ich Sie irgendwo hinbringen?« fragte sie.

»Nein, danke. Ich habe meinen Wagen hier«, erwiderte Ted.

»Also dann nächste Woche«, sagte June. »Und vielen Dank.«

Sie hielt ihn wohl ebenfalls für einen Hörer der Abendkurse. Na ja, warum auch nicht?

»Ja«, sagte er. »Nächste Woche.«

Er sah ihr nach, wie sie wegfuhr. Der Wagen machte einen Satz, weil sie die Kupplung zu heftig einrasten ließ. Normalerweise ärgerte ihn so etwas; er konnte es nicht mit ansehen, wenn ein Wagen derart geschunden wurde. Aber diesem Mädchen mit den warmen braunen Augen mußte man einfach verzeihen; sie hatte vermutlich nicht genügend Übung, dachte er in einem Anfall von Toleranz. Eine Hand kam durch das offene Fenster und winkte ihm zu.

»Vielen Dank«, rief das Mädchen.

Es gab keinen Grund, weshalb er sie nicht in der kommenden Woche wiedersehen sollte.

Der Fahrer des Hillman, an dem June auf dem Weg zum Abendkurs vorbeigekommen war, beobachtete einen älteren Mann, der ein Säckchen im Nachtsafe der Midland Bank deponierte und danach wegging. Ray Brett stieg aus dem Wagen und folgte dem Mann zu Fuß; sie gingen etwa eine halbe Meile die Straße entlang, bogen zweimal links ab, dann blieb der Mann an einer Bushaltestelle stehen. Ray seufzte. Wieder vergebens, es sei denn, es gelang ihm, zurückzulaufen zum Wagen, ehe der Bus kam. Und er hatte Glück: Der Bus fuhr gerade um die Ecke, als er sich mit dem Wagen der Haltestelle näherte. Ray fuhr dem Bus nach.

Der Mann, den er verfolgte, stieg in einer Wohngegend am Stadtrand um. Ray fuhr ihm langsam nach, überholte ihn und parkte dann am Straßenrand. Im Rückspiegel beobachtete er, wie der Mann in einer grau gestrichenen Doppelhaushälfte verschwand. Er fuhr ein

Stück weiter, wendete, kam zurück und notierte sich die Hausnummer. Dann kehrte er ins Zentrum zurück, auf seinen Beobachtungsposten gegenüber der Bank. Dort wartete er noch eine Weile, aber niemand kam mehr, um etwas im Nachttresor abzuliefern.

An diesem Abend waren mehrere Personen vor der Bank erschienen und hatten Geld in den Safe gegeben; er war ihnen allen nachgefahren oder -gegangen. Nur eine Person war in ihr Geschäft zurückgekehrt: ›Floradora‹, in Gestalt einer dicken Frau in mittleren Jahren mit hellblondem Haar. Sie war nach ihrem Weg zur Bank in einem Blumenladen nahe dem Rathaus verschwunden. Alle anderen waren mit dem Wagen nach Hause gefahren oder hatten einen Bus genommen. Einige von ihnen hatte er verfolgen können. Um zu sehen, von wo sie kamen, ehe sie zur Bank gingen, mußte er ihnen am folgenden Morgen von ihren Wohnungen in ihre Geschäfte folgen. Bei dieser Gelegenheit konnte er auch ungefähr abschätzen, ob es sich um größere Summen handelte, die sie im Nachttresor ablieferten.

Er hatte sich vorgenommen, zwei oder drei von ihnen zu überfallen. Danach würde er von hier weggehen und es anderswo damit versuchen. Also mußte er sichergehen, daß sich seine Aktionen auch rentierten; mindestens ein paar Hunderter mußten schon jedesmal dabei rausspringen. Damit konnte er Felsbury verlassen und nach Norden gehen, vielleicht auch nach London, und danach würde er versuchen, mit einer Bande in Kontakt zu kommen. Nur auf diese Weise kam man an die größeren Sachen heran. Bis jetzt hatte er immer auf eigene Faust gearbeitet; dabei wäre er einmal um ein Haar geschnappt worden, bei einem Einbruch, und das Ergebnis war alles andere als überwältigend gewesen. Aber sein Plan war gut: Wenn er hinhaute, konnte er sich wenigstens einiger gelungener Verbrechen rühmen und so leichter zu einer organisierten Bande stoßen. Außerdem hatte er dann Geld, mit dem er um sich werfen konnte.

Ray lebte mit seinen Eltern und zwei jüngeren Brüdern in einer Sozialwohnung. Seine Mutter arbeitete nachmittags in einer Wäscherei und an mehreren Vormittagen als Putzfrau, sein Vater war bei einer Konservenfabrik angestellt. Ehrbare Leute, die keine Ahnung hatten, daß ihr ältester Sohn einen Hang zum Verbrechen besaß.

Als Ray später nach Hause kam, bügelte seine Mutter gerade ein Hemd seines nächstjüngeren Bruders.

»Wo warst du denn, Ray?« fragte sie und schaute ihn über den Brillengläsern an, die sie bei sorgfältigen Arbeiten tragen mußte.

»Ach, im Klub«, antwortete Ray. Er war Mitglied eines Jugendklubs. Das verschaffte ihm Ausreden für zu Hause, und er ging dorthin, wenn er gerade nichts Besseres zu tun hatte.

Der Fernseher war eingeschaltet, und sein Vater sah einen Boxkampf. Ray nahm sich den *Daily Mirror*. Wie seine Eltern hatte auch er einen anständigen Job; er fuhr den Lieferwagen eines Gemüsehändlers.

Der Beobachter sah Cecil im Eßzimmer; die Lichter waren eingeschaltet, die Vorhänge nicht zugezogen. Er saß am Tisch und arbeitete an einem Modell; man sah eine skelettartige Konstruktion, konnte aber keine Einzelheiten erkennen. Nach einer Weile schaute Cecil auf die Uhr, stand auf und ging aus dem Zimmer, kam zurück und fuhr in seiner Arbeit fort. Bald danach hörte man einen Wagen, der vor dem Haus anhielt; Türen wurden zugeknallt, Lichter gingen an im Haus, auch oben im Schlafzimmer. June Titmuss war kurz zu sehen, ehe sie die Vorhänge zuzog. Dann gingen die Lichter im ersten Stock aus, und Cecil erschien unten im Parterre, ein Tablett mit Teetassen und Teekanne in der Hand. June kam ins Eßzimmer, sagte etwas, machte eine Geste. Cecil stellte das Tablett ab, ging zum Fenster und zog die Vorhänge zu.

Der Beobachter blieb noch lange auf seinem Posten, wartete, bis die Lichter im Erdgeschoß ausgeschaltet wurden und bis schließlich, viel später, auch die Fenster im ersten Stock alle dunkel waren.

June sagte Cecil nichts von der Panne mit dem Wagen; sie wollte es zwar erst, vor allem weil er so sehr auf den Zustand des Wagens achtete und immer eine Liste der beim nächsten Kundendienst zu überprüfenden Teile auf seinem Schreibtisch liegen hatte. Außerdem hatte ihr Retter gesagt, daß so etwas wieder passieren könne. Aber sie wollte den Vorfall für sich behalten, weil die Begegnung sie einigermaßen verwirrt hatte. Immer wieder sah sie den jungen Mann vor sich, der sich in den Motorraum beugte, sah das dichte, lockige Haar auf seinem Hinterkopf. Wie er wohl heißen mochte? fragte sie sich. Na schön – sie würde es ja herausfinden, wenn sie sich in einer Woche wiedertrafen.

Als Lorna Mr. Vigors über Mrs. Malmesburys Zusammenbruch berichtete, war der Zahnarzt sehr erschrocken.

»Rufen Sie im Krankenhaus an und erkundigen Sie sich, was sie hat«, sagte er. Sicher, er wußte, daß er seine Patientin mit aller Vorsicht und Sorgfalt behandelt hatte; dennoch konnte die Extraktion zu einem Schock geführt haben, wie das gelegentlich vorkam, und wenn sie starb, mochte das unangenehme Fragen des Coroners nach sich ziehen. Es war ihm eine Erleichterung, als er erfuhr, daß sie auf dem Weg der Besserung war; er wollte in ein paar Tagen noch einmal anrufen und bat Lorna, es in seinem Terminkalender zu notieren.

3

Am Donnerstag mußte Ted jemanden aus dem Krankenhaus abholen. Auf dem Weg dorthin fiel ihm Mrs. Malmesbury ein, und als er einen freien Parkplatz in der Nähe des Rathauses erspähte, blieb er dort stehen und ging in das Blumengeschäft ›Floradora‹, um ein paar Blumen für Mrs. Malmesbury zu kaufen.

Und dort in dem Laden war die junge Frau, die er vor zwei Tagen gesehen hatte. Sie starrten einander einen Augenblick lang an, dann brachen sie beide in ein glückliches, vielleicht auch ein wenig nervöses Lachen aus. Cecil hätte sich gewundert, wenn er June je so lachen gehört hätte.

»Nanu«, sagte Ted. »Hallo.«

»Hallo«, erwiderte June.

»Ist der Wagen in Ordnung?«

»Prima, danke. Bis jetzt läuft er gut.«

Sie war wirklich ungewöhnlich attraktiv. Er hatte sich neulich nicht getäuscht. Ambrafarbene Augen, eine Nase mit Sommersprossen, glänzendes, kastanienbraunes Haar. Schade, daß er nicht bleiben und warten konnte, bis sie allein war im Laden.

»Ich möchte ein paar Blumen für eine Kranke«, sagte er. »Nicht so teuer.«

»Wie wär's damit?« Sie zeigte ihm kleine rosafarbene Chrysanthemen.

»Ja, die sind richtig. Tut mir leid, daß ich es so eilig habe«, sagte er. »Ich wäre gern noch ein bißchen geblieben, um mich mit Ihnen zu unterhalten.«

»Ich habe zu tun«, bemerkte sie und zwinkerte mit dem Auge. »Wollen Sie auch eine Karte dazugeben?«

»Was? Ach so, ja, ich glaube, das wäre besser.«

Sie gab ihm eine und einen Umschlag dazu, dann packte sie die Blumen ein, während er ein paar Worte auf die Karte schrieb. Sie schaute absichtlich nicht darauf, als sie die Blumen kassierte.

»Sehen wir uns am Dienstag?«

»Warum nicht?« sagte June leichthin.

Ted fuhr davon und pfiff fröhlich vor sich hin. Sie hatte breite Lippen und eine Figur, die genau die richtigen Kurven an den richtigen Stellen aufwies, was man recht gut erkennen konnte in ihrem engen Overall. Ein Glück, daß er sich entschlossen hatte, Mrs. Malmesbury Blumen mitzubringen: Jetzt wußte er, wo sie arbeitete, für den Fall, daß sie sich am Dienstag verpaßten. Aber dazu bestand eigentlich kein Anlaß. Wenn jemand an diesem Abend den Wagen haben wollte, mußte er eben absagen.

*

Ray hatte einen der Benützer des Nachtdepots vor ›Tansy's Tea Shoppe‹ gesehen, einem Geschäft in der Nähe des Rathauses. Eine erfolgversprechende Chance: Er hatte den Mann wiedererkannt, wie er auf einer Leiter vor dem Geschäft stand und das große Bogenfenster putzte. In solchen Geschäften ging namentlich an den Wochenenden eine ganz schöne Summe ein.

Der Gedanke war Ray gekommen, als er seinen eigenen Arbeitgeber, Mr. Crawley, beobachtet hatte, wie dieser seine Tagesverdienste in einen Lederbeutel steckte und zum Nachtsafe der Bank brachte. Natürlich wäre es Wahnsinn gewesen, Crawley selbst zu überfallen – aber das hatte ihn auf die Idee gebracht, und Ray fand, daß es ein guter Plan war. Die Stellung bei Crawley hatte er angenommen, weil es zu der Zeit nichts Besseres für ihn gegeben hatte, und das Geld, das er verdiente, reichte für Zigaretten und Alkohol. Aber es gab auch schnellere Methoden, um an Geld zu kommen – an das große Geld. Er hatte es schon immer sehr aufregend gefunden, einen solchen Plan auszuarbeiten; er dachte stets daran und hielt die Augen offen, namentlich für mögliche Opfer.

Eines Tages würde er einen richtigen Banküberfall machen, mit Schußwaffen und allem Drum und Dran – aber so etwas brauchte besonders sorgfältige Planung. Und ein paar Helfer. Aber wenn es ihm gelang, bei einer richtigen Bande Fuß zu fassen, mußte er es schaffen. Und dann: eine nette kleine Wohnung, ein langbeiniges Mädchen und so weiter. Es mußte sich nur alles nach und nach entwickeln, ohne zuvor erwischt zu werden. Und zuerst mußte er sehen, daß er aus Felsbury wegkam.

Es dauerte alles viel zu lange, das war das Unangenehme bei der Sache. Er mußte sich vergewissern, daß die Bankkunden ihre Einlagen regelmäßig vornahmen, mußte Zeiten auswählen, in denen die Straßen ruhig waren. Er hatte sich noch nicht überlegt, wie er seine Opfer überwältigen würde; vermutlich mit einem Schlag auf den Kopf, dachte er, nicht zu fest, nur so, daß sie ein paar Minuten lang bewußtlos waren. Und er mußte sich Opfer aussuchen, die entweder alt oder gebrechlich waren, vielleicht auch Frauen oder eine Kombination aus diesen Bedingungen. Sie mußten leicht zu attackieren sein. Daher dachte Ray auch nicht daran, Ted Jessop nachzufahren, als dieser eines Abends einen Geldsack im Nachtsafe der Bank ablieferte. Ted war für Rays Zwecke zu groß und zu kräftig.

Am Donnerstagabend saß Cecil in seinem Büro und überprüfte die Ausleihzahlen. Nach einer Weile erhob er sich aus seinem Sessel. Er war ganz steif, und seine Augen brannten; er brauchte ein wenig Bewegung. Also ging er hinaus in den Lesesaal.

Jemand sprach ihn an.

»Haben Sie ›Maria, Königin der Schotten‹ von Antonia Fraser? Ich kann das Buch nicht finden«, sagte eine weibliche Stimme.

Cecil drehte sich um und erblickte ein mageres, bleiches Mädchen, das sein Haar in einem Kranz hinter dem Kopf festgesteckt hatte.

»Ich nehme an, es ist ausgeliehen«, sagte Cecil. »Aber ich sehe gleich nach.«

Lorna folgte ihm zur Abteilung ›Biographien‹.

»Wie dumm von mir – natürlich steht es unter Biographien. Ich habe bei Geschichte nachgesehen«, sagte sie.

»Es ist trotzdem ausgeliehen«, erklärte Cecil. »Wollen Sie eine Bestellkarte ausfüllen? Aber das kostet leider fünf Pence.«

»O ja, natürlich. Vielen Dank«, antwortete Lorna.

»Die Karten liegen drüben am Schalter«, sagte Cecil und deutete in die Richtung.

»Ja. Danke«, sagte Lorna noch einmal.

Sie ging zum Schalter, und Cecil hatte sie bereits vergessen. Aber sie waren einander schon einmal begegnet. Lorna hatte früher bei einem Maklerbüro gearbeitet und war in die Bibliothek geschickt worden, um ein Werk über die Geschichte eines Hauses aus der Zeit König Jakobs auszuleihen, das die Maklerfirma verkaufte. Cecil war ihr damals sehr behilflich gewesen, hatte sogar mit dem Archiv des Countys telefoniert. Lorna hatte nie vergessen, wie freundlich er damals zu ihr war; aber obwohl sie danach oft in die Bibliothek kam, hatten sie nie mehr miteinander gesprochen, doch sie hatte ihn oft in seinem Büro sitzen gesehen.

Sie füllte die Bestellkarte aus, lieh sich ein anderes Buch aus und fuhr dann mit dem Fahrrad zurück in ihre Einzimmerwohnung.

Das Zimmer enthielt eine Couch und einen Lehnsessel. Den Schreibtisch hatte sie bei einem Gebrauchtmöbelhändler erworben. Auf der einen Seite war eine Kochnische mit einem Vorhang abgetrennt. An der Wand über der Couch hing eine Batikarbeit in leuchtendem Rot und Purpur, und die Couchdecke paßte dazu; Lorna hatte sie in Mallorca gekauft, bei einer Gesellschaftsreise. Auf der Couch lagen rote, orangefarbene und purpurne Kissen, auf dem Boden ein imitierter Schafwollteppich. An einer anderen Wand waren drei Reiseplakate befestigt, und das Muster der Vorhänge wies exotische, riesige Mohnblumen auf. Das ganze Zimmer stand in auffallendem Gegensatz zum Äußeren seiner Bewohnerin – oder jedenfalls zu der Art, wie sie sich der Welt zeigte.

Lorna schlug ein paar Eier in die Pfanne und aß einen Apfel; sie hatte keine Lust zu kochen. Danach schaute sie auf die Uhr. Erst kurz nach halb sieben.

Sie zog ihren marineblauen Rock aus und eine Blue jeans an, löste ihr Haar und band es dann zu einem Pferdeschwanz, zog einen dunklen Anorak an und ging nach unten.

Die Straßenbeleuchtung war schon eingeschaltet, obwohl die Dämmerung erst einsetzte. Lorna stieg auf ihr Fahrrad und fuhr davon.

4

Als Junes Italienischunterricht am darauffolgenden Dienstag zu Ende war, wartete Ted bereits auf sie. »Hallo«, sagte er, als June in der Vorhalle auftauchte. Er wußte nicht, was für einen Kurs sie belegt hatte, so daß er sie nicht vor dem entsprechenden Hörsaal abholen konnte. Ted hatte in den letzten Tagen sehr viel zu tun gehabt, war praktisch vollkommen ausgebucht gewesen. Selbst jetzt kam er gerade noch von einer Fahrt zum Flughafen zurück. »Und was machen wir jetzt?« Was sollte er vorschlagen? »Möchten Sie einen Drink?« fragte er ein wenig unbeholfen.

June hatte sich bereits alles zurechtgelegt. Sollte Cecil sich ruhig ärgern, wenn sie später nach Hause kam; er würde doch nie die Wahrheit vermuten. Sie würde sagen, daß der Wagen nicht angesprungen sei, wie das in der vorigen Woche tatsächlich der Fall gewesen war.

»Aber viel Zeit habe ich nicht«, sagte sie.

»Na schön. Wie Sie meinen.«

Sie ließen ihren Wagen auf dem Parkplatz im Hof und stiegen in den Humber. Ted fuhr zu einem netten Pub in der Nähe, und dort setzten sie sich in eine gemütliche Ecke. Ted bestellte Gin und Tonic für beide. Zuerst saßen sie einfach da und schauten einander an, dann begann wieder das fröhliche Lachen, wie vor ein paar Tagen im Blumengeschäft.

»Was haben Sie belegt?« fragte June. Er sah so ordentlich aus in seinem marineblauen Anzug. Sie spürte so etwas wie neugierige Spannung, als sie auf seine Antwort wartete.

Er sagte ihr die Wahrheit.

»Ach, du meine Güte«, sagte June, als er damit fertig war. Es war im Grunde ein schmeichelhaftes Kompliment. Er schaute sie aufmerksam an, fragte sich, wie sie darauf reagieren würde, und sie spürte einen seltsamen Druck im Magen. Schweigend zeigte sie ihm ihre linke Hand mit dem Ehering.

Er hatte es geahnt – eine Frau wie sie konnte einfach nicht unverheiratet sein. Er nahm ihre Hand, und von diesem Augenblick an waren beide für die Welt verloren. Als sie gemeinsam das Pub verließen, hatte June weiche Knie; sie konnte nur an den kräftigen Kerl neben ihr denken und an die unglaublichen Gefühle, die seine Nähe in ihr wachrief. Sie hoffte, daß niemand sie sehen würde, doch dann dachte sie kühn, sollen sie es doch sehen, es ist mir egal. Sie hielten bei einer Telefonzelle, und sie rief Cecil an. Der Wagen sei nicht angesprungen, sagte sie, und sie habe jemanden gefunden, der ihr behilflich sei. Er brauche sich keine Sorgen zu machen.

Lorna hatte gesehen, wie Ted June in der Halle begrüßte, und sie sah auch, wie die zwei zusammen weggingen.

Ray hatte den ersten Teil des Abends damit verbracht, eine Zweigstelle von Barclay's Bank in einem der Außenbezirke der Stadt zu beobachten. Er hatte gesehen, wie der Safe von einem Mann aus einem Tabaksladen benützt wurde, und von einer Frau, die eine Tierhandlung besaß; sonst war niemand zum Nachtsafe gekommen. Es war noch hell; zögernd machte sich Ray klar, daß er warten mußte, bis die Tage kürzer wurden, ehe er handeln konnte. Für das, was er vorhatte, brauchte er die Dunkelheit. Inzwischen war sein Wagen kaputtgegangen; eine größere Reparatur, hatten sie in der Werkstätte gesagt, und ziemlich teuer – also brauchte er dringend Geld.

Nach einer Weile gab er seinen Posten auf. So etwas konnte man nur vom Wagen aus längere Zeit durchhalten. Er ging auf ein paar Glas Bier in ein Pub und schlenderte dann langsam zurück zum Zentrum von Felsbury. Vielleicht schaute er im Klub vorbei, aber das langweilte ihn eigentlich; die Diskothek gab ihm wenig, und außerdem störte es ihn, daß das alles nur alberne Kinder waren. Und die Mädchen waren blöd. Er brauchte eine Klassefrau, wie man sie manchmal im Kino sah.

Als Ray das neue Einkaufszentrum in der Stadt erreicht hatte, war es schon ziemlich dunkel. Gruppen von jungen Mädchen standen auf den Gehsteigen herum, kicherten und stellten sich zur Schau, versuchten, die Aufmerksamkeit der Jungen zu erwecken. Ray ging rasch an einem Trio vorbei, hörte, wie die Mädchen Bemerkungen über seinen athletischen Körperbau machten. Blöde Kühe. Geschähe ihnen recht, wenn sie nacheinander hergenommen würden, schließlich forderten sie einen ja dazu heraus. Aber es wäre nicht der Mühe wert gewesen. Mädchen wie die waren doch reine Zeitverschwendung. Ihm schwebte ein Mädchen vor, das eine Mischung aus Marilyn Monroe und Liza Minelli darstellte, lässig und erregend zugleich, mit langen, sehr langen Beinen.

Und inzwischen gab es ja Brenda. Wenn er nichts Besseres vorhatte, fuhr er mit ihr hinaus aufs Land. Sie zierte sich nicht. Brenda war klein, mager und kicherte viel. Sie hielt ihn für einen Filou, aber er faszinierte sie. Sie war sicher, daß er sie eines Tages heiraten würde, ebenso wie ihre Eltern, die in einer Doppelhaushälfte neben dem Krankenhaus wohnten und Ray für einen sehr netten, anständigen jungen Mann hielten. Hätten sie gewußt... Jedesmal, wenn er und ihre Tochter Geschlechtsverkehr hatten, sei es auf dem Rücksitz seines Wagens, auf dem Gras, im Wald, oder, wenn Brendas Eltern aus waren, in ihrem Zimmer, empfand Ray das auch als eine Art Triumph über Brendas Eltern und ihre verdammte Wohlanständigkeit.

Bis er etwas Besseres fand, war ihm Brenda gerade recht.

Heute abend war sie zu Hause; sie hatte sich das Haar gewaschen, weil sie um neun gedacht hatte, daß er nun doch nicht mehr kommen würde. Jetzt war das Haar noch feucht. Ihre Eltern saßen zu Hause vor dem Bildschirm, genau wie Rays Eltern.

Und weil Ray keinen Wagen hatte, gingen sie in den Park.

Cecil hatte gerade einen Stützpfeiler mit Erfolg an der richtigen Stelle eingefügt. Jetzt bewunderte er sein Werk, das auf einem großen Tablett aufgebaut war, damit man es herumtragen konnte. Die Fenster waren besonders schwierig; er benützte dazu verschiedenfarbige Papierfolie, die den Eindruck von Buntglas vermittelte, und installierte eine von einer Taschenlampenbatterie betriebene Glühbirne im Inneren, damit er sein Werk beleuchten konnte.

Junes Anruf hatte ihn aus seiner Ruhe gerissen. Der Wagen mußte doch anspringen – schließlich kam er regelmäßig zum Kundendienst. Sie hatte sich nicht näher über den Defekt geäußert, machte aber einen ruhigen Eindruck. Ein Glück, daß sie jemanden gefunden hatte, der ihr half; und gut, daß der Defekt nicht während der Heimfahrt aufgetreten war. Sie würde eine Tasse Tee nötig haben, wenn sie nach Hause kam.

Er setzte den Teekessel auf und bereitete das Tablett vor, wie jeden Dienstag.

Der Beobachter gegenüber dem Haus sah ihn aus dem Zimmer gehen und bald danach wieder zu seiner Bastlerarbeit zurückkehren. June traf eine Stunde später als gewöhnlich ein; sie lächelte, wirkte sehr gelöst, gestikulierte mit den Armen und redete viel und schnell. Plötzlich warf sie sich Cecil an die Brust und umarmte ihn heftig. Der Beobachter sah, wie Cecils Arme ihren Rücken umschlangen. Bald danach gingen im Haus die Lichter aus.

Ray traute kaum seinem Glück, als er nach dem Spaziergang mit Brenda auf dem Nachhauseweg einen Mann sah, der sich mit einem Beutel der Midland Bank näherte. Es war schon ziemlich spät, nur noch wenige Menschen waren unterwegs. Die Pubs waren geschlossen; es gab keinen Grund, weshalb die Leute von Felsbury noch auf der Straße sein sollten.

Ray sah sich um. Er stand im Licht der Straßenbeleuchtung, aber es gab weit und breit keine Passanten. Nur ein paar Autos parkten am Straßenrand.

Bert Walsh, der Aushilfswirt von ›The Feathers‹, den die Brauerei während der Abwesenheit des eigentlichen Pächters eingesetzt hatte, wollte die Tageseinnahmen nicht über Nacht im Haus behalten, wie das sonst im ›Feathers‹ so üblich war. Er fummelte mit dem Schlüssel am Schloß des Nachtdepots herum, als seine Füße plötzlich weggerissen wurden und er zu Boden sank, wobei er zuvor noch mit dem Kopf gegen die Wand stieß. Danach wurde er bewußtlos. Ray packte den Lederbeutel und verschwand um die Ecke, ehe auch nur jemand vermuten konnte, daß hier irgend etwas nicht in Ordnung sei. Selbst danach, als ein Fußgänger vorüberkam und Bert Walsh auf dem Boden liegend fand, dachte man, daß der Mann einen Herzanfall erlitten habe. Erst als Walsh im Krankenhaus zu sich kam und erklären konnte, was geschehen war, wurde klar, daß es sich um einen Raubüberfall handelte. Ray war mittlerweile längst zu Hause in seinem Zimmer und öffnete den Geldbeutel. Er enthielt über zweihundert Pfund.

5

Mrs. Malmesbury ging es allmählich besser. Hesther Ford, mit der sie sich gelegentlich zum Mittagessen in der Stadt traf und die in der Nähe von Felsbury wohnte, war in ihrer Wohnung gewesen und hatte ihr ein paar persönliche Dinge ins Krankenhaus gebracht. Obwohl älter als Mrs. Malmesbury, war Mrs. Ford wesentlich rüstiger; sie hörte zwar kaum mehr, war aber ausgesprochen energiegeladen und lief so temperamentvoll herum, daß Mrs. Malmesbury fürchtete, sie würde eines Tages hinfallen und sich die Knochen brechen. Glücklicherweise hatte sie selbst sich nichts gebrochen bei ihrem Sturz in der Bibliothek. Sie würde nach der Entlassung aus dem Krankenhaus eine Weile bei Mrs. Ford bleiben, bis sie sich so weit erholt hatte, daß sie wieder in ihr Apartment zurückkehren konnte.

Mrs. Malmesbury erinnerte sich kaum an das, was in der Bibliothek geschehen war. Und sie war sehr erstaunt, als eine Woche nach ihrem Unfall ein junger Mann aus der Bibliothek zu ihr ins Krankenhaus kam, um sich nach ihrem Befinden zu erkundigen. Sie erkannte ihn: Er war einer der Leiter, selten im Lesesaal zu sehen, sondern meistens in einem der Büros hinter der Glaswand.

Er war schlank, mittelgroß, mit schütterem Haar und blauen Augen; ein ziemlich ernster junger Mann, wie sie später Mrs. Ford berichtete. Sie war tief gerührt über seinen Besuch.

»Ich muß Ihnen sehr viel Unannehmlichkeiten gemacht haben«, entschuldigte sie sich. »Ohnmächtig werden in der Bibliothek! So etwas!«

»Ich freue mich, daß es Ihnen besser geht«, sagte Cecil. Er brachte ihr ein Buch mit, das sie vor einiger Zeit bestellt hatte.

Cecil war gerade ein paar Minuten im Zimmer, als eine Schwester auftauchte. »Noch ein Besuch für Sie, Mrs. Malmesbury«, sagte sie. »Sie sind heute besonders gefragt.«

Es war Lorna Gibson.

Mrs. Malmesbury starrte Lorna verständnislos an; sie erkannte sie nicht. Lorna merkte es, und eine leise Röte stieg in ihr Gesicht. Cecil, der aufgestanden war, als sie hereinkam, betrachtete sie ein wenig verwirrt. Ihr Gesicht kam ihm irgendwie bekannt vor, aber er wußte nicht, woher. Wahrscheinlich kam sie öfters in die Bibliothek.

»Ich bin Mr. Vigors' Sprechstundenhilfe. Sie erinnern sich wohl nicht an mich«, sagte Lorna ausdruckslos. »Mr. Vigors hat mich gebeten, Sie zu besuchen und mich nach Ihrem Befinden zu erkundigen. Er – es hat uns leid getan, daß Sie krank geworden sind.«

»Wie nett«, sagte Mrs. Malmesbury. »Ich habe allen so viel Unannehmlichkeiten gemacht. Ich kann gar nicht mehr nach Hause gehen, so muß ich mich schämen. Nun, Mr. – äh – Sie kennen sich noch nicht, oder –«

»Titmuss. Cecil Titmuss«, half er der Alten, und Lorna antwortete rasch, ehe er sagen konnte, daß sie sich noch nicht kannten.

»Wir kennen uns. Von der Bibliothek. Ich bin Lorna Gibson.«

»Natürlich, jetzt erinnere ich mich. ›Maria, Königin der Schotten‹«, sagte Cecil und sah, wie Lorna errötete, diesmal vor Freude.

Sie hatte Angst gehabt vor diesem Krankenhausbesuch. Nur Mr. Vigors' ernste und tadelnde Hartnäckigkeit hatte ihr die Kraft gegeben, überhaupt herzukommen. Sie scheute Krankheiten und alles, was damit zusammenhing. Auf ihren Protest hin hatte Vigors erklärt, daß sie ihrem Beruf nicht gewachsen sei, wenn sie sich weigere, seinen Wunsch auszuführen.

›Es fehlt Ihnen an menschlicher Wärme, Lorna‹ hatte er gesagt.

Und jetzt saß Lorna auf der einen Seite von Mrs. Malmesburys hohem Bett und Cecil auf der anderen, und die alte Dame stellte ihnen ein paar persönliche Fragen. Wenn sie sie zum Reden brachte, brauchte sie selbst nicht viel Konversation zu machen, und vielleicht würden sie dann bald gehen. Sie war müde, obwohl sie sich wesentlich besser fühlte. Der Tag im Krankenhaus war recht anstrengend, wenn die Schwestern sie immer wieder aus dem Bett trieben und sie von Behandlung zu Behandlung geschleppt wurde. Es gab nicht viel Ruhe.

Cecil berichtete bereitwillig von seinen Kindern. Lorna hatte wenig zu erzählen, sprach nur davon, daß sie ihren Beruf sehr liebte. Nein, sie hatte zuvor noch nicht bei einem Zahnarzt gearbeitet.

Die beiden verließen gemeinsam das Krankenzimmer – oder vielmehr: Cecil stand auf, um sich zu verabschieden, und Lorna folgte ihm.

Mrs. Malmesbury dankte den beiden überschwenglich und blieb mit Mühe so lange wach, bis sie das Zimmer verlassen hatten.

Lorna und Cecil gingen gemeinsam über den Korridor. Menschen kamen an ihnen vorüber; Ärzte in weißen Mänteln, Schwestern – alle hatten sie es eilig. Lorna schauderte ein wenig.

»Ich hasse Krankenhäuser«, sagte sie.

»Die Leute sind hier gut untergebracht«, erwiderte Cecil. »Wie Mrs. Malmesbury. Sie wird bald entlassen.«

»Ich weiß. Aber wenn man krank ist, gibt man die eigene Verantwortung für sein Leben fast völlig auf.«

Ein Krankenwärter kam vorbei mit einer Bahre; darauf lag ein bewußtloser Mann, und eine Schwester ging an seiner Seite. Cecil und Lorna traten dicht an die Wand, um die kleine Prozession vorbeizulassen. Der Patient hatte ein aschfahles Gesicht.

»Da. Haben Sie gesehen?« fragte Lorna.

»Man hat ihm vermutlich den Blinddarm herausgenommen«, erklärte Cecil. Als sie beiseite getreten waren, hatte sein Arm den Arm Lornas berührt. Cecil war das gar nicht bewußt geworden, aber Lorna hatte deutlich die Berührung gespürt. Sie zog ihren Arm nicht weg. Jetzt, während er sprach, schaute Cecil sie an, und sie war beinahe so bleich wie der Mann auf der Bahre. »Es macht Ihnen doch nichts aus, oder? Wie könnten Sie sonst für einen Zahnarzt arbeiten, wenn der Anblick Sie so aufregt?« fragte er.

»Beim Zahnarzt wird nur selten jemand ohnmächtig«, sagte Lorna. »Und wenn, dann kommen sie schnell wieder zu sich. Außerdem hat Mr. Vigors noch ein zweites Mädchen, das die meiste Zeit im Sprechzimmer arbeitet. Ich selbst bin mehr im Büro.«

»Dennoch finde ich, daß es unter diesen Umständen nicht ganz die richtige Arbeit ist für Sie.«

»Dort ist es etwas anderes«, sagte sie. »Und es ist ruhig in meinem Büro. Man arbeitet selbständig.«

»Warum mögen Sie eigentlich Krankenhäuser nicht? Waren Sie schon mal krank?«

Sie konnte nicht einmal diese Entschuldigung vorbringen.

»Ich verstehe, was Sie meinen mit der Eigenverantwortung, die man hier aufgibt«, sagte Cecil. »Aber wenn ein Mensch krank genug ist, kümmert ihn das wenig. Unter diesen Umständen ist es besonders nett, daß Sie Mrs. Malmesbury besucht haben. Aber sie ist auch wirklich eine reizende alte Dame.«

»Ja«, sagte Lorna, die in Wirklichkeit viel zu sehr mit sich selbst beschäftigt war, um an irgendwelche Patienten denken zu können.

»Sie muß sehr einsam sein«, sagte Cecil. Er sah täglich viele einsame Menschen in der Bibliothek, und nicht alle waren alt.

»Schon möglich«, räumte Lorna ein.

Sie verließen das Krankenhaus.

»Ja, also, ich muß hier lang«, sagte Cecil und wandte sich nach links. Sein Wagen stand hinter der gynäkologischen Abteilung. »Auf Wiedersehen.«

Er fragte nicht erst, wo Lorna hinmußte, sondern ging einfach weg. Er hatte es eilig, zu June und den Kindern nach Hause zu kommen. Lorna schaute ihm nach, bis er um die Ecke verschwunden war. Dann, viel langsamer, ging sie in die entgegengesetzte Richtung weg.

Ray bestaunte seine Beute. Er hatte das Geld in einer alten Kakaodose aufbewahrt, die er unter einem losen Fußbodenbrett in seinem Zimmer versteckt hielt; er konnte seiner Mutter nicht trauen, denn sie sah regelmäßig seine Schränke nach schmutziger Wäsche durch. Der schnelle Griff nach den Fußknöcheln des Mannes war genau das Richtige gewesen. Bei einer Frau würde das ebenso gut klappen – obwohl da die Gefahr bestand, daß sie schrie. Rückblickend fragte er sich, warum der Mann nicht nach Hilfe gerufen hatte. Angst, nahm er an. Das nächstemal mußte Ray eine Maske tragen; er hatte einen alten Nylonstrumpf seiner Mutter zu diesem Zweck aus dem Mülleimer gekramt.

Er hatte sich entschlossen, daß die dicke Blondine aus dem Blumenladen eines seiner nächsten Opfer sein würde. Er war sogar schon einmal in dem Laden gewesen, um sich über die Kasse zu informieren. Die Blondine war an diesem Tag nicht da, sondern ein hübsches junges Ding, etwas zu alt für ihn, aber ansonsten genau seine Kragenweite. Langbeinig, mit großen Brüsten. Ganz anders als Brendas lächerliche kleine Knöpfe. Kastanienbraunes Haar und große, goldbraune Augen. Er hatte ein Sträußchen Veilchen gekauft.

»Für Mutter«, sagte er. Er hatte sie danach in einen Abfallkorb geworfen.

Das Mädchen hatte die Kassenschublade geöffnet, und Ray hatte ganze Bündel von Banknoten darin erspäht: einen Stapel Fünfer unter einer Klammer und daneben auch noch einige Zehner. So etwas forderte einen ja geradezu heraus. An einem der nächsten Tage ging er in ›Tansy's Tea Shoppe‹ und trank eine Tasse Tee mit Sahne. Auch hier war die Kasse gut gefüllt, wie Ray feststellte. Diese zwei würden ihm ein ordentliches Startkapital einbringen, und mit etwas Glück kam noch ein dritter ähnlicher Job dazu. Danach würde er hier abhauen.

Mittlerweile war sein Hillman repariert. Er hatte ihn zu einer Werkstatt neben dem Gaswerk gegeben, denn der Mechaniker dort schien zu wissen, was er tat, und seine Preise waren einigermaßen anständig. Als Ray den Wagen abholte, war ein anderer Kerl dort, der an einem großen alten Humber arbeitete.

»Der ist wohl aus dem Museum«, sagte Ray, als der Mann unter dem Wagen hervorkroch und sich die Hände an einem Lappen abwischte. Ein stämmiger Bursche mit dunklem lockigen Haar.

»Damals hat man noch auf Dauer gebaut«, sagte der Mann und streichelte den Wagen, als wäre er ein Lebewesen. »Sie kommen wegen dem Hillman, wie? Charlie hat gesagt, daß Sie ihn abholen.« Und er hatte hinzugefügt, daß er ihn nur gegen Barzahlung herausgeben solle. »Da ist er. Hoffe, daß Sie so schnell keinen Ärger mehr damit haben.«

Ray blätterte das Geld von einem Bündel Fünfpfundnoten, das er in der Brusttasche seiner Jeansjacke stecken hatte, und zählte es auf den Tisch. Das Bündel war danach noch ziemlich dick.

»Ich schreibe Ihnen eine Quittung aus«, sagte Ted.

Ray wartete. Mr. Ray Brett, schrieb Ted auf die Rechnung und setzte die Adresse von Bretts Wohnung dazu.

Am nächsten Dienstag wartete Ted schon auf June, während sie bei der Technischen Hochschule vorfuhr. Als sie den Wagen geparkt hatte, stand er bereits neben ihr.

Sie schauten einander einen langen Augenblick schweigend an. Dann öffnete Ted die Tür, nahm June beim Ellbogen, und ohne ein Wort verließen sie gemeinsam den Hof. Der Humber parkte um die Ecke; es dauerte keine fünf Minuten, bis sie bei Teds Wohnung angekommen waren.

Für ihn gab es keine andere Wahl. Sicher, sie war verheiratet. Und das war ihm vielleicht sogar lieb, denn es bewahrte ihn vor dem Theater, das unverheiratete Mädchen stets machten. Es hatte eben alles seine Vor- und Nachteile. So brauchte er keine großen Versprechungen zu machen, die er sich im Augenblick noch gar nicht leisten konnte. Aber bei June war das etwas anderes, das wußte er augenblicklich, und ihr Verlangen nach ihm steigerte noch seine Bereitschaft. Sie versicherte ihm, daß Cecil sie niemals fragen würde, was sie an ihren Dienstagabenden trieb; so konnten sie sich jede Woche treffen. Weder sie noch Ted blickten weiter in die Zukunft als bis zu ihrem nächsten Beisammensein.

June konnte sich kaum selbst erklären, was da mit ihr vor sich ging. In dem Augenblick, als sie Teds Wohnung betrat, wurde sie ein völlig anderer Mensch; sie legte die Schutzhülle ihrer Zurückhaltung ebenso bereitwillig ab wie ihre Kleidung, die sie in einem unordentlichen Haufen auf den Boden warf. Sie nahm kaum ihre Umgebung wahr: den spartanisch eingerichteten Raum, in dem es nur eine Couch, einen zerschlissenen Sessel, einen Tisch mit dem Telefon, dem Telefonbuch und einem Notizbuch gab, nicht zu vergessen den altmodischen Gasherd, auf dem sich Ted seine Mahlzeiten bereitete. Alles in krassem Kontrast zu ›The Linden‹, wo sie und Cecil sich nach Jahren harter Arbeit ein geschmackvolles Heim geschaffen hatten. Sie wußte nur, daß Ted bei ihr war, und daß er ebenso nach ihr verlangte wie sie nach ihm; darüber hinaus gab es nichts, was zählte.

Lorna, die zu ihrem Italienischkurs ging, hatte sie gesehen. Und als June in der Woche darauf erst gar nicht zum Kurs erschien, ging auch Lorna wieder vor Beginn des Unterrichts weg.

Das Haus der Titmuss' lag in einem Eckgrundstück der Masterton Road, von der Straße durch einen Zaun und einen kleinen Vorgarten getrennt. Lorna fuhr mit dem Fahrrad vorbei und sah, daß die Garagentür offenstand und der Wagen weg war. Sie bog nach links ein in die Western Grove. Hier waren die Häuser höher und meistens mit Terrassen versehen, die Gärten kleiner, und die Häuser mit den Nummern 24 und 26 stießen direkt an den wesentlich größeren Garten von ›The Linden‹. Lorna fuhr die Straße entlang bis ans Ende, kehrte um und fuhr wieder zurück. Hier war es ruhig; die meisten Häuser in der Western Grove beherbergten Büros, und es gab nur noch wenige Wohnungen. Lorna betrat eine Telefonzelle am Ende der Straße und schaute im Branchenverzeichnis unter Mietwagen nach. Mrs. Malmesbury hatte den Namen des Chauffeurs nicht genannt, und es schien nicht leicht, den richtigen zu finden.

Inzwischen war es fast dunkel. Lorna radelte zurück durch die Western Grove, wo sie ihr Fahrrad neben einem Gebüsch an einen

Gartenzaun festkettete. Dann ging sie rasch über die Straße und blieb vor der Nummer 26 stehen. Hier war sie außerhalb des Lichtkreises der Straßenlaternen. Die Messingschilder neben der Tür schimmerten schwach. Lorna steckte einen Schlüssel ins Schloß, öffnete die Tür und trat ins Haus. Sie schaltete kein Licht an, tastete sich die Treppen nach oben wie jemand, der sich genau auskannte. Im Haus war es still – das Schweigen eines leeren Gebäudes. Lorna überquerte den ersten Treppenabsatz, betrat ein Zimmer auf der Rückseite des Hauses und eilte ans Fenster.

Cecil hatte die Vorhänge nicht zugezogen. Lorna konnte ihn am Tisch sitzen sehen; das kleine Mädchen war neben ihm und sah ihm zu, und der kleine Junge saß gegenüber. Sie spielten irgendein Brettspiel, Ludo oder Halma. Lorna nahm ein Fernglas aus einem Lederbehälter. Sie stellte es auf die kleine Szene im Nachbarhaus ein. Cecil war mit dem Spiel beschäftigt; sie sah, wie er dem kleinen Jungen Anleitungen gab. Die drei spielten eine ganze Weile, ehe Cecil die Kinder zu Bett brachte, und Lorna blieb am Fenster, in der Dunkelheit von Bryan Vigors' Büro, und beobachtete das Haus der Titmuss'. Sie war noch dort, als June zurückkam – wesentlich später als gewöhnlich.

6

»Glaubst du wirklich, daß du allein zurechtkommst, Dorothy?«

Mrs. Ford machte sich Sorgen. Mrs. Malmesbury war vor zehn Tagen aus dem Krankenhaus entlassen worden; Ted Jessop hatte sie nach Diddington gefahren, in das Dorf sechs Meilen von Felsbury, wo die Fords wohnten, damit sie sich noch eine Weile erholen konnte, und nun war sie nach Hause gebracht worden, diesmal mit dem Wagen von Mrs. Ford. Die Reinmachefrau, die zweimal wöchentlich die Wohnung in Ordnung brachte, hatte Milch, Brot und eine Tiefkühlmahlzeit eingekauft und in den Kühlschrank gestellt.

Aber Mrs. Ford zögerte, ihre alte Freundin alleinzulassen, weil sie noch immer recht schwach und zerbrechlich wirkte.

»Aber natürlich Hesther. Ich muß auch mal wieder anfangen, für mich selbst zu sorgen«, sagte Mrs. Malmesbury.

»Ich wollte, ich könnte ein paar Tage hierbleiben und dir helfen.« Mrs. Ford stand unentschlossen in der Diele. »Du rufst mich doch an, wenn ich dir helfen kann, ja? Oder wenn du dich nicht wohl fühlst?«

»Ich verspreche es dir.«

»Wenn es nicht wegen Edgar wäre...« Mrs. Ford ließ den Satz in der Luft hängen. Ihr Mann war fünfundneunzig. Er litt unter Gedächtnisschwäche, körperlich dagegen schien er außerordentlich kräftig zu sein. Er ging nicht selten allein spazieren und vergaß dann, wo er wohnte, und das versetzte seine Frau in ständige Angst, es könnte ihm unterwegs etwas zustoßen.

»Nun geh schon, Hesther.« Mrs. Malmesbury war es lieber, wenn ihre Freundin jetzt gleich ging; später fiele es ihr noch schwerer, Abschied zu nehmen. »Fahr vorsichtig. Und nochmals vielen Dank für alles.«

Als der Wagen von Mrs. Ford verschwunden war, wandte sich Mrs. Malmesbury vom Fenster ab. Sie kam sich einsam und verzweifelt vor. Wenn sie einen Herzanfall erlitt, würde es niemand erfahren, und sie würde allein in ihrer Wohnung liegen, bis Mrs. Brett das nächstemal zum Saubermachen kam. Sie rieb sich die Augen und schüttelte den Kopf – es war dumm, an so etwas zu denken. Außerdem würde Hesther jeden Abend anrufen. Ein Glück, wenn man gute Freunde hatte. Sie setzte sich in den bequemen Sessel und legte die Füße auf den gepolsterten Hocker. Gleich danach schlief sie ein.

Die Klingel weckte sie. Mrs. Malmesbury stand auf und humpelte an die Tür.

Ein dunkelhaariges Mädchen stand davor, einen Strauß kleiner Rosen in der Hand. Mrs. Malmesbury erkannte sie, erinnerte sich aber nicht an ihren Namen.

Das Mädchen wirkte schüchtern und gehemmt.

»Oh – Mrs. Malmesbury –, geht es Ihnen besser? Ich habe Ihnen ein paar Blümchen gebracht«, sagte Lorna und streckte der alten Dame die Rosen entgegen.

»Das ist aber sehr nett von Ihnen. Kommen Sie doch rein, meine Liebe.« Wenn sie dem Mädchen Tee oder ein Glas Sherry anbot, brauchte sie vorläufig nicht allein in ihrer Wohnung zu sitzen. »Ja, es geht mir schon wieder recht ordentlich«, sagte sie und führte Lorna ins Wohnzimmer. »Ich bin eine Weile bei einer Freundin auf dem Land gewesen.«

Es war mittlerweile fünf Uhr, und draußen fiel die Dämmerung ein; die Tage wurden immer kürzer. Mrs. Malmesbury zog die Vorhänge zu und wandte sich dann an ihre Besucherin, die noch immer den Rosenstrauß in den Händen hielt.

»Was für schöne Rosen.« Stammten sie von dem Mädchen oder von Mr. Vigors? »Vielen, vielen Dank.« Das war auf jeden Fall die richtige Antwort.

»Soll ich sie in eine Vase geben?« fragte Lorna. Die alte Dame schwankte ein wenig; wenn sie sich nicht bald hinsetzte, würde sie umfallen.

»Ja, bitte«, erwiderte Mrs. Malmesbury und sagte ihr, wo sie eine Vase finden könne.

Sie setzte sich, während Lorna die Blumen mit viel Sorgfalt arrangierte; sie hatte sie am vergangenen Abend bei ›Floradora‹ gekauft, und die Knospen waren noch ganz geschlossen gewesen. Jetzt waren die meisten Blüten schon weit offen. Sie wollte eigentlich schon eher diesen Besuch hinter sich bringen, aber sie hatte einen ganzen Tag gebraucht, um sich Mut dazu zu machen.

»Trinken wir einen Schluck Sherry«, schlug Mrs. Malmesbury vor, als Lorna mit den Blumen fertig war. »Da drüben in der Anrichte, mein Kind. Und die Gläser finden Sie in der Küche.« Sie erinnerte sich noch immer nicht an den Namen des Mädchens, aber das machte nichts.

Lorna brachte die Karaffe und die Gläser und schenkte den Sherry ein. Danach saßen sie schweigend da, weil keinem von beiden ein passendes Gesprächsthema einfallen wollte.

»Wann sind Sie denn nach Hause gekommen?« fragte Lorna schließlich. Die alte Dame sah noch ziemlich elend aus; ihre Haut war durchscheinend wie Wachs, und an den Händen traten ihre Adern blau hervor. Ihre Fingerknöchel waren geschwollen.

»Heute nachmittag. Meine Freundin hat mich hergefahren. Aber sie mußte rasch zurück zu ihrem Mann. Er ist uralt, noch älter als ich«, sagte Mrs. Malmesbury und kicherte ein wenig.

»Sie sind doch mit dem Wagen zu Mr. Vigors gekommen«, sagte Lorna versuchsweise. Vielleicht hatte sie Glück.

»O ja – mit Ted Jessop. Er ist wirklich ein netter junger Mann. Und so tüchtig. Er bringt mich jeden Dienstag zum Einkaufen in die Stadt; das heißt, er hat mich hingebracht bis zu meinem Unfall«, sagte Mrs. Malmesbury.

Es war also ganz einfach gewesen. Lorna kannte jetzt den Namen, dessentwegen sie hergekommen war, aber sie blieb aus Höflichkeit noch ein bißchen länger. Sie spülte die Sherrygläser und fragte Mrs. Malmesbury sogar, ob sie ihr nicht ein Abendbrot herrichten solle.

»Aber nein, das kann ich schon selbst«, erwiderte die alte Dame. »Es ist ja tiefgefroren. Ich brauche nichts weiter zu tun als den Herd anzuschalten. Wie nett von Ihnen, daß Sie mich besucht haben. Kommen Sie gern wieder, wenn Sie in der Gegend sind und ein bißchen Zeit haben.«

»Sicher«, sagte Lorna.

Als sie die Wohnung verlassen hatte, lief sie rasch durch den Korridor und die Treppe hinunter, benützte nicht einmal den Lift. Sie konnte es nicht mehr erwarten, aus der sie bedrückenden Atmosphäre zu fliehen: Diese alte Frau hatte nichts mehr zu tun als auf den Tod zu warten. Und ihr selbst ging es nicht viel anders, obwohl sie erst neunundzwanzig war. Die alte Jungfer Lorna Gibson hatte kein eigenes Leben und kein Ziel vor sich. Sie konnte nur durch ein Fenster auf das Leben der anderen schauen und sich wünschen, es wäre ihr eigenes.

*

An den Sonntagen wusch Cecil den Wagen, und wenn das Wetter gut war, arbeitete er im Garten. Manchmal fuhr er mit den Kindern zur Kirche und war enttäuscht, wenn June zu Hause blieb. Es erfüllte ihn mit Stolz, wenn er mit seiner ganzen Familie im Kirchenstuhl Platz nehmen konnte.

June war in letzter Zeit noch hübscher geworden; er hätte nie gedacht, daß ihr die Arbeit so viel bedeutete. Sicher, er wußte, daß ihr die Gesellschaft der anderen jungen Mütter aus der Umgebung auf die Nerven fiel; er hatte versucht, ihr so lebhaft und farbig wie möglich von seiner täglichen Arbeit zu berichten, aber seine Gesellschaft an den gemeinsamen Abenden war ihr offenbar nicht genug. Sie gingen gelegentlich zu Konzerten und Vorträgen, die Cecil stets auswählte, wenn er glaubte, daß der stellvertretende Leiter der Bibliothek dort gesehen werden sollte. Aber sie hatten meist Schwierigkeiten, einen geeigneten Babysitter zu finden. Manchmal gingen sie auch ins Kino, aber Cecil fand die Filme, die June sehen wollte, ziemlich sensationslüstern und gewöhnlich. June war in der letzten Zeit so lebhaft geworden, daß er diese seine Beobachtung ihr gegenüber kaum verschweigen konnte, und das führte gelegentlich sogar dazu, daß sie sich unversehens mitten unter der Woche liebten statt an den Wochenenden. Cecil hatte danach meist ein schlechtes Gewissen.

An dem Sonntag, als Lorna Mrs. Malmesbury besuchte, fuhr die Familie Titmuss zu den Eltern von June. Dieser Ausflug fand alle fünf oder sechs Wochen statt, wobei sie dort meist so schwere und fette Mahlzeiten einnehmen mußten, daß Cecil danach Magen- und Leberbeschwerden hatte. Er fragte sich dann meist, wieso sein Schwiegervater nicht schon längst an einem Übermaß von Cholesterol gestorben war. Diesmal machte Junes Mutter eine Bemerkung über Junes strahlendes Aussehen und fragte sie, ob sie schwanger sei.

June konnte es gar nicht schnell genug verneinen.

»Du siehst so gut aus. Dabei warst du den ganzen Sommer über blaß«, sagte ihre Mutter.

»Das ist die Arbeit. Es ist gut für mich, ein bißchen von zu Hause wegzukommen«, erklärte June.

»Ich weiß nicht, wie du das schaffst. Ich hatte genug damit zu tun, mich um dich, um deinen Bruder und um Vater zu kümmern«, entgegnete ihre Mutter.

»Außerdem kommt uns das Geld gelegen«, fügte June betroffen hinzu. Ihrer Mutter entging nichts. June war froh, als sie endlich aufbrachen.

Ray und Brenda verbrachten diesen Sonntag in Weston-super-Mare. Der Hillman schnurrte dahin, nachdem der Motor fachkundig überholt worden war. Sie fuhren zum Pier und blickten hinaus auf den Bristol Channel, der an diesem bedeckten Tag nebelverhangen war, aßen zu Mittag in einem Café an der Mole, wo ein unangenehmer Fettgeruch in der Luft hing. Danach gingen sie in ein Kino, und als es dunkel war, fuhren sie heim, blieben unterwegs noch in einem stillen Waldweg stehen.

Es war unbequem auf dem Rücksitz des Wagens, und Brenda beschwerte sich auch prompt.

»Wann heiraten wir nun endlich, Ray?« fragte sie und zog ihren Rock nach unten. »Ich bin es satt; immer nur im Auto oder im Park.«

»Wer redet denn von Heiraten?« Ray war geradezu entsetzt über die Vorstellung. »Ich nicht.«

»Aber du hast es doch vor, oder? Es wäre nur vernünftig«, sagte Brenda. »Wir können es uns doch leisten, oder? Ich behalte meinen Job.« Brenda arbeitete als Kassiererin in einem Supermarkt.

»Und wo sollen wir wohnen?« wehrte Ray ab.

»Wir finden schon was. Bis dahin könnten wir bei meinen Eltern bleiben. Denen macht es bestimmt nichts aus.«

»Nein, danke.«, sagte Ray. »Wir heiraten nicht, und damit basta.«

Er ließ keinen Zweifel daran, und Brenda war völlig konsterniert. Sie hatte immer gehofft, sie würden eines Tages heiraten. Ray hatte einen guten Job und seine Eltern waren anständige Leute.

»Ich hätte doch nie und nimmer –«, begann Brenda.

»O ja, du hättest, mein Schatz«, sagte Ray, und seine Stimme war kalt wie Stahl. »Du warst reif dafür. Komm mir bloß nicht damit.« Er stieg aus dem Fond und setzte sich hinter das Lenkrad. »Mach schon, wenn du vorn sitzen willst.«

Brenda gehorchte. Er ließ den Motor an und fuhr ruckartig los, ehe sie richtig saß. Brenda begann zu schluchzen.

»O Ray! Und ich dachte, wir –«

»Hör schon auf damit, du blöde Kuh«, sagte er und trat voll auf das Gaspedal.

Er redete kein Wort mehr, bis sie in der Straße ankamen, wo Brenda wohnte.

»So, bis hierher und nicht weiter«, zischte er sie an, langte über sie hinweg und öffnete die Tür auf der Beifahrerseite. »Steig aus.«

»Aber Ray –« begann sie zu betteln.

»Hör schon mit dem Gejammer auf und steig aus. Wir sind fertig miteinander«, sagte Ray und erinnerte sich, wie die Filmhelden mit solchen Situationen fertigwurden.

Brenda versuchte es mit Flehen. »Ray, es tut mir ja leid«, begann sie kläglich.

Er stieß sie ohne ein weiteres Wort aus dem Wagen, so heftig, daß sie beinahe auf den Gehsteig gefallen wäre. Dann schlug er die Tür zu, und Brenda stolperte davon. Ray wendete und fuhr mit aufheulendem Motor weg. Brenda ging weinend bis zu ihrem Haus und betrat es durch die Hintertür, in der Hoffnung, die Eltern würden beim Fernsehen sitzen und ihr Heimkommen nicht bemerken. Aber ihre Mutter folgte Brenda nach oben in ihr Zimmer und sah, wie sich das Mädchen auf das Bett warf und laut heulte.

»Habt wohl einen kleinen Streit gehabt, du und Ray? Na, laß dir keine grauen Haare wachsen, mein Kind. Das kommt schon wieder in Ordnung«, tröstete die Mutter. »Ihr kommt schon drüber weg, alle beide.«

Denn es war Zeit, daß Brenda heiratete, und Ray kam den Eltern sehr gelegen. Ein Streit zwischen Liebenden war etwas ganz Natürliches.

Obwohl sich Cecil nicht daran erinnerte, war er Lorna schon begegnet, ehe sie sich in der Bibliothek trafen. Lorna arbeitete seinerzeit bei einem Maklerbüro, nämlich dort, wo Cecil das Haus gekauft hatte. Cecil hatte damals gerade das bescheidene Vermögen seiner Mutter geerbt, und Mr. Grimes, der Makler, hatte ihm verschiedene Häuser angeboten. In den folgenden Wochen war Cecil mehrmals in das Büro gekommen, und Lorna hatte erfahren, daß er demnächst eine Stellung als Bibliothekar in Felsbury annehmen würde.

Das lag mittlerweile einige Jahre zurück. Lorna hatte Cecil oft in der Bibliothek gesehen, und dann hatte er ihr beim Beschaffen der Literatur über das historische Haus geholfen. Ihre Träume hatten begonnen, waren zunächst eher flüchtig gewesen, denn damals hatte Lorna noch gehofft, daß sie aus den sie umgebenden Schranken ausbrechen könne. Sie unternahm eine Reise nach Mallorca, verbrachte jedoch die ganze Zeit allein, bis ihr ein älteres Ehepaar seine Begleitung anbot. Sie ging danach sogar einmal zum Arzt, um Hilfe zu erlangen. Aber da sie nicht näher erläutern konnte, was ihr fehlte, und da in seiner Sprechstunde Scharen von Müttern mit Bronchitis-Sprößlingen warteten, verschrieb er ihr einfach Beruhigungspillen und bemühte sich erst gar nicht, ihre Probleme näher kennenzulernen.

Sie schluckte ein paar von den Pillen, und nachdem sie an ihrem Zustand nichts änderten, ließ sie sie bald danach wieder weg. Allmählich verschloß sie sich immer mehr vor ihrer Umwelt. Sie las viel und begann von einem schattenhaften Wesen zu träumen, das zwar nur vage männliche Züge aufwies, Lorna aber mit solcher Zärtlichkeit behandelte, daß es sie aus ihrem Gefängnis befreite und zu einer zwischenmenschlichen Beziehung fähig machte. Doch in der Wirklichkeit lernte sie kein entsprechendes Wesen kennen, und ihr einziges diesbezügliches Erlebnis endete mit einer totalen Katastrophe.

Ihre Eltern hatten in Yorkshire gelebt, in einem Dorf am Rand des Moors, wo ihr Vater ein Pub besaß. Ihre Mutter half im Schankraum und bereitete kleine Mahlzeiten für die Gäste. Jeden Abend, aber vor allem an den Samstagen, trank ihr Vater große Mengen von Alkohol; manchmal erwachte Lorna mitten in der Nacht von einem Geräusch und hörte danach ihre Mutter laut weinen. Als Lorna älter wurde, begriff sie, warum ihre Mutter weinte. Sie wurde immer magerer und hatte nicht selten Wunden im Gesicht und am Körper.

Trotz dieses unwirtlichen Wirts kamen die Gäste auch weiterhin in das Pub, denn es gab meilenweit kein anderes. Einer von ihnen, ein Handlungsreisender aus Leeds, befreite Lornas Mutter. Er nahm sie mit sich, und das Mädchen blieb allein mit dem tobsüchtigen Vater, der sich jedoch bald danach Trost bei einer üppigen Blondine holte, die er offiziell als Haushälterin eingestellt hatte. Sie war stärker als er, und es gelang ihr zuletzt sogar, ihn weitgehend zu zähmen.

Und Lorna wartete, daß ihre Mutter sie eines Tages holen würde.

Sie wartete vergebens. Und eine Weile danach erfuhr sie, daß ihre Mutter und der Handlungsreisende bei einem Verkehrsunfall ums Leben gekommen waren.

Lorna blieb bei ihrem Vater, war stiller als je zuvor, und als sie die Schulzeit hinter sich hatte, begann sie im Pub zu arbeiten. Ihr Vater gab ihr dafür nur ein wenig Taschengeld. Eines Tages stahl sie fünfzig Pfund aus der Kasse und brannte damit nach London durch, wo sie ein Zimmer in einer Pension und einen Job fand. Zuerst hatte sie entsetzliche Angst, ihr Vater könnte sie wegen des Diebstahls durch die Polizei suchen, doch als nichts dergleichen geschah, beruhigte sie sich nach und nach, und sobald sie es sich leisten konnte, nahm sie fünfzig Pfund von ihrem Monatslohn und schickte sie in einem eingeschriebenen Briefumschlag an ihren Vater.

Nachdem diese Hürde genommen war, zog sie Bilanz und entschloß sich, in Abendkursen Stenographie und Schreibmaschine zu lernen. Das löste auch das Problem ihrer Freizeit, denn sie fand keinerlei Kontakt zu den Mädchen in der Pension und zu ihren Kolleginnen bei der Arbeit. An den Sonntagen machte sie Busreisen in die Umgebung, und bei dieser Gelegenheit lernte sie Felsbury kennen. Sie vermißte das ländliche Leben; London war für sie, die Scheue, ein einsames Pflaster geblieben. Sobald sie die Examen hinter sich hatte, zog sie nach Felsbury. Das Leben war billiger in einer Provinzstadt und außerdem freundlicher, wie man ihr gesagt hatte.

Ihre finanzielle Lage besserte sich rasch, aber ihr Leben ging weiter wie zuvor, obwohl sie mehrere Versuche unternommen hatte, aus ihrer Isolation auszubrechen. Aber nachdem sie Cecil in der Bibliothek gesprochen hatte, als er sich so freundlich bemühte, ihre Wünsche zu erfüllen, nahmen ihre unbestimmten Tagträume Konturen an. Das gütige Wesen, das sie aus ihrer Einsamkeit erlösen würde, sah immer mehr diesem Cecil Titmuss ähnlich. Jedesmal, wenn sie in die Bibliothek kam, schaute sie nach ihm; sie fuhr sogar nicht selten mit dem Fahrrad an seinem Haus vorbei, in der Hoffnung ihn zu sehen, und wurde gelegentlich belohnt durch den Anblick von Cecil, der seinen Wagen wusch oder im Garten arbeitete. Dann hörte sie, daß bei Mr. Vigors eine Stelle frei war. Sie bewarb sich und bekam den Job.

Mr. Grimes war enttäuscht, als sie kündigte; sie hätte in seiner Firma eine Lebensstellung haben können, sagte er.

Lorna besaß einen Schlüssel für die Praxisräume, denn sie kam morgens schon vor Mr. Vigors, um die Post durchzusehen. Zuerst war sie damit zufrieden, June Titmuss und die Kinder im Garten zu beobachten; sie identifizierte sich in Gedanken mit der anderen Frau, und das häusliche Glück der Familie Titmuss wärmte sie ein wenig mit. Einmal beobachtete sie Cecil, der an einem seiner Modelle bastelte, und dabei wurde ihr klar, was sie tun mußte. Sie fing an mit ihren nächtlichen Besuchen in der Praxis ihres Arbeitgebers. Es begann im Sommer; sie hatte keineswegs die Absicht, die Rolle eines lüsternen Voyeurs zu spielen, aber ihre Beobachtungen rissen sie hin wie einen Theaterbesucher, der ein Stück Leben auf der Bühne zu sehen glaubt. An manchen Sonntagen verbrachte sie den ganzen Tag in der Praxis. Sie wußte, daß Mr. Vigors nie außerhalb der Sprechstunden dort anzutreffen war, und wenn, so konnte sie immer noch sagen, sie habe etwas vergessen und sei gekommen, um es zu holen.

7

Ted hatte mehrere Aufträge am Dienstag abgesagt, um June treffen zu können. Es war Wahnsinn, gerade jetzt, wo es bei ihm auf jedes verdiente Pfund ankam, aber er mußte sie einfach sehen. Inzwischen war sie nicht nur Erfüllung für ihn, sondern auch schon eine liebe Gewohnheit, und die Vertrautheit hatte ihr Vergnügen miteinander verwandelt und gesteigert.

Er hörte sie kommen und war schon unten vor dem Haus, ehe sie den Wagen geparkt hatte. Sie legte kratzend den Rückwärtsgang ein; er lächelte über die Feststellung, daß es ihn nicht ärgerte.

»So schwer hat's dich erwischt, mein Lieber«, sagte er zu sich selbst.

June fragte sich schon, wie sie sich treffen konnten, wenn der Italienischkurs während der Weihnachtsferien unterbrochen war; dann hatte sie keinen Vorwand, um abends auszugehen. An Ostern war der Lehrgang ohnehin zu Ende, doch das lag noch zu fern, um sich jetzt schon Gedanken darüber zu machen. Vielleicht konnten sie sich am Nachmittag sehen, dachte sie, während sie auf den Plafond von Teds Zimmer starrte, wo an mehreren Stellen die Farbe abblätterte. Dort oben hingen auch ein paar Spinnweben.

Unten in der Dunkelheit vor dem Haus entdeckte Lorna den Morris, und sie beobachtete auch das erleuchtete Fenster mit den dünnen Vorhängen. Sie zitterte; Anfang November war das Wetter schon ziemlich kalt. Was mochte da drinnen geschehen? Sie versuchte es sich auszumalen und erinnerte sich an Szenen aus Filmen, die sie gesehen hatte, wobei Ted und June die Hauptrollen spielten;

es machte sie ganz krank. Währenddessen saß Cecil ohne die leiseste Ahnung zu Hause und bastelte an einem seiner Modelle.

Um fünf nach neun öffnete sich die Tür, und zwei Gestalten wurden als Silhouetten in dem nach draußen fallenden Licht sichtbar. Gleich danach ging June zu ihrem Wagen und fuhr davon, ließ die Kupplung viel zu lang schleifen. Lorna trat in den Schatten zurück, um nicht entdeckt zu werden. Als der Wagen verschwunden war, nahm sie ihr Fahrrad aus dem Hauseingang gegenüber und fuhr davon. Unterwegs stieg der Kloß in ihrer Kehle immer höher, und sie begann lautlos zu weinen. Sie wußte nicht, weshalb sie weinte; vielleicht galten ihre Tränen Cecil, der so gemein betrogen wurde, vielleicht galten sie aber auch ihr selbst.

Junes Duft war noch in Teds Zimmer; sie hatte ihren Schal vergessen. Ted hob ihn auf. Er wollte, sie würde öfters zu ihm kommen; das Leben war eine einsame Sache, und zum erstenmal hatte er erkannt, daß man es zu zweit besser meistern konnte als allein. Aber er würde June doch nie ganz besitzen: Er hatte nichts, was er ihr bieten konnte, und sie war bestimmt nicht bereit, ihr jetziges Leben und ihre Kinder aufzugeben. Vielleicht war es auch besser so. Es würde länger dauern, bis sie einander müde wurden, und allmählich bekam June auch Übung im Lügen.

»Mein Ray kann Ihnen doch besorgen, was Sie brauchen«, sagte Mrs. Brett.

Sie stand in Mrs. Malmesburys Schlafzimmer, das Haar mit einem Kopftuch hochgebunden, die Arme über ihrem kirschroten Overall verschränkt, einen besorgten Ausdruck auf dem Gesicht. An den Tagen, wo sie zu Mrs. Malmesbury kam, brachte sie der alten Dame das Frühstück ans Bett, eine Gefälligkeit, die Mrs. Malmesbury sehr genoß. Sie schaltete die elektrische Heizdecke an und döste noch eine Weile, wenn drüben im Wohnzimmer der Staubsauger surrte. Danach nahm sie ein Bad und zog sich in aller Ruhe an, während Mrs. Brett das Schlafzimmer in Ordnung brachte. Wie schön wäre es, dachte sie, wenn Mrs. Brett täglich kommen könnte, statt nur zweimal die Woche.

Bis dahin war Mrs. Malmesbury täglich zu Fuß in das nahegelegene Einkaufszentrum gegangen und hatte ihre Besorgungen im Supermarkt erledigt. Wenn sie jeden Tag einkaufen ging, brauchte sie nicht viel zu schleppen, behindert, wie sie war, und der Spaziergang war eine angenehme Unterbrechung ihres eintönigen Daseins. Bei ihren Fahrten in die Stadt erledigte sie die größeren Besorgungen: Kleidung, Apotheke, und was sie sonst noch brauchte. Seit ihrem Unfall freilich – denn so nannte sie den Zusammenbruch in der Bibliothek – fühlte sie sich unsicher, wenn sie zu Fuß ins Einkaufszentrum ging. Einmal wäre sie beinahe ohnmächtig geworden und bekam es mit der Angst zu tun. Schrecklich, wenn sie noch einmal in der Öffentlichkeit zusammenbrechen würde.

»Ich kann meine Lebensmittel einkaufen, wenn mich Mr. Jessop in die Stadt fährt«, sagte sie. Sie war seit ihrer Krankheit nicht mehr mit Ted gefahren. »Er kann sie mir tragen.«

»Ja, das können Sie«, meinte Mrs. Brett. »Aber Sie fahren doch nicht so oft mit ihm, oder? Wenn Sie meinem Ray eine Liste der Dinge geben, die Sie brauchen, kann er sie jede Woche für Sie besorgen. Sie können sich bestimmt auf ihn verlassen.«

»Liefert die Firma Crawley eigentlich auch in diese Gegend?«

»Zweimal die Woche, wenn Sie wollen«, sagte Mrs. Brett. »Ein Service wie in den guten alten Tagen.«

Ein guter Vorschlag, fand Mrs. Malmesbury. Mrs. Bretts Sohn schien ein zuverlässiger junger Mann zu sein.

»Sehr gut, Mrs. Brett. Ich lasse mich am kommenden Dienstag von Mr. Jessop in Crawleys Laden fahren, damit ich das mit der monatlichen Rechnung vereinbare. Und ich gebe Ihnen telefonisch meine Liste der Einkäufe durch.«

Sie mußte sich selbst um ihre Angelegenheiten kümmern. Wenn sie sich ganz der Fürsorge von Mrs. Brett auslieferte, würde sie bald noch unbeholfener sein. Man durfte sich unter keinen Umständen gehenlassen.

*

Lorna fuhr mit dem Fahrrad von der Bibliothek nach Hause. Sie hatte sich ein paar Bücher eines Patienten von Mr. Vigors ausgeliehen, eines Schriftstellers namens Peter Guthrie. Sie hatte die Bücher in dem Korb auf dem Gepäckträger, und ihre Gedanken waren in Aufruhr. Diese lasterhafte June Titmuss, dachte sie immer wieder. Wie schlecht sie war und wie undankbar, wo sie doch Cecil und die beiden Kinder hatte. Sie verdiente das schrecklichste Schicksal, das man sich vorstellen konnte, aber das würde nur Cecil Schmerzen bereiten.

Was würde er tun, wenn er von der Affäre zwischen ihr und Ted Jessop wußte?

Lorna radelte weiter. Sie dachte jetzt fast unaufhörlich an das Problem, das sie beschäftigte. Das Wetter war schön und trocken; die meisten Leute waren schon von der Arbeit nach Hause gekommen, der Verkehr auf den Straßen war schwach. Sie bog in die Bridge Street ein, wo die Hauptpost und die Midland Bank standen, und fuhr tief in Gedanken dahin. Plötzlich sprang ein Mann direkt vor ihr auf die Straße. Sie mußte bremsen, schwankte und wäre beinahe umgefallen. Der Mann hatte ein seltsames Gesicht, ganz glatt und plattgedrückt. Er lief zwischen den Autos über die Straße und drüben auf dem Gehsteig weiter, aber Lorna bückte sich und hob die Bücher auf, die ihr aus dem Korb gefallen waren, daher sah sie nicht, wohin der Mann rannte, den sie beinahe umgefahren hätte. Erst danach stellte sie fest, daß nicht weit von ihr eine andere Gestalt auf dem Gehsteig lag, die nach Hilfe rief. Sie kam näher und erkannte, daß es ein älterer Mann war, der Mühe hatte, auf die Beine zu kommen.

»Haben Sie ihn gesehen? Wohin ist er denn gelaufen?« Es war Mr. Beauchamp, der Besitzer von ›Tansy's Tea Shoppe‹.

»Was?« Lorna kam auf ihn zu. »Was ist denn passiert? Sind Sie krank?«

Denn Mr. Beauchamp rieb sich den Kopf und schaute sehr aufgeregt drein.

»Dieser Mann – er muß doch direkt an Ihnen vorbeigekommen

sein. Er hat mich beraubt!« schrie Mr. Beauchamp. »Rufen Sie die Polizei, Mädchen! Rufen Sie die Polizei!«

Mr. Beauchamp war widerstandsfähiger gewesen als Rays erstes Opfer. Der Griff um die Fußknöchel hatte ihn zwar zu Boden gerissen, aber Mr. Beauchamp hatte die Geldtasche nicht losgelassen. Ray mußte ihm erst einen Tritt in den Magen versetzen, damit er ihm den Beutel entreißen konnte. Und dann hätte dieses Mädchen auf dem Fahrrad um ein Haar Ray selbst zu Boden gerissen; er hatte sie nicht kommen hören. Zum Glück hatte er sich den Nylonstrumpf über das Gesicht gezogen; so würde sie ihn nicht wiedererkennen. Das nächstemal mußte er anders vorgehen: er mußte dem Opfer vom Geschäft aus folgen und es unterwegs schnappen, nicht erst vor der Bank. Er hatte noch immer vor, die blonde Besitzerin von ›Floradora's‹ zu überfallen.

Er fuhr den Hillman zurück in die verlassene Garage, wo er ihn abstellte, und öffnete dann die Geldtasche mit einem Schraubenzieher. Sie enthielt ein dickes Bündel Banknoten und zwei Sack Münzen. Ray trug einen Anorak und stopfte die Scheine in eine Reißverschlußtasche. Ein paar Münzen wanderten in seine Hosentasche, den Rest ließ er in den Säckchen, die er unter dem Sitz des Wagens versteckte; sie waren zu dick, als daß er sie mitnehmen konnte. Dann ging er zu Fuß zur nächsten Bushaltestelle und fuhr ins Zentrum, wo er sich einen Film ansah.

Er lehnte sich zurück, hatte viel Spaß an dem Western, den er sah, war mit sich zufrieden und bedauerte nur, daß er den gelungenen Abend nicht in der üblichen Weise mit Brenda abrunden konnte.

»Und Sie konnten den Mann nicht erkennen, Miss Gibson?«

Lorna befand sich auf der Hauptwache von Felsbury. Sie hatte von der nächsten Telefonzelle aus 999 gewählt und war danach zu Mr. Beauchamp zurückgelaufen, der mittlerweile den Mittelpunkt einer kleinen, aufgeregten Menschenansammlung bildete. Sie war versucht, einfach wegzufahren, hatte aber am Telefon ihren Namen genannt, so daß sie annahm, sie sei verpflichtet, bis zum Eintreffen der Polizei am Tatort zu bleiben. Die Polizei kam rasch, so daß sie nur kurz der Neugier der Leute ausgesetzt war, die mittlerweile wußten, daß sie Mr. Beauchamps Räuber gesehen hatte. Jetzt saß sie mit Chefinspektor Purdy in dessen Büro, und ein Sergeant notierte alles, was sie sagte.

»Nein. Er sprang direkt vor mir auf die Straße. Ich hätte ihn um ein Haar umgefahren«, sagte Lorna.

»War es ein großer Mann?«

»Eigentlich nicht – nein, ich würde sagen normal groß«, antwortete Lorna und fügte dann, als sie die Enttäuschung auf dem Gesicht des Kriminalbeamten erkannte, hinzu: »Er trug einen Anorak. Und er war nicht so groß wie Sie.« Purdy, der über einsneunzig war, seufzte. Es gab wenige Leute, die größer waren als er.

»Haarfarbe?«

»Er trug eine Mütze.« Dessen war sich Lorna sicher. »Eine Schirmmütze, wissen Sie. Dunkel. Und sein Gesicht sah sonderbar aus – wie plattgedrückt.«

»Vielleicht trug er eine Maske – oder einen Strumpf vor dem Gesicht?«

»Oh!« Jetzt dämmerte es Lorna. »Ja, das ist möglich.«

»Das verändert das Gesicht vollkommen. Sie haben das sicher schon oft am Bildschirm gesehen«, meinte Purdy.

Aber Lorna sah fast nie fern.

Sie ließen sie gehen, nachdem sie ihre Aussage unterschrieben hatte. Ein Polizeibeamter fuhr sie in einem Kleinwagen nach Hause, das Fahrrad auf der Ladefläche. Mr. Beauchamp war unverletzt, aber erschüttert und sehr wütend. Man hatte ihn zunächst in ein Krankenhaus gebracht, doch er wurde gleich wieder entlassen.

»Das scheint böse zu sein«, sagte Purdy zu seinem Kollegen. »Vielleicht war das derselbe Bursche wie vor einem Monat. Dabei haben wir nicht die leiseste Ahnung, wer er ist.«

»Komisches Mädchen«, sagte der Sergeant. »Sieht nicht mal fern.«

»Das kann sehr erholsam sein«, entgegnete Purdy.

8

Lorna hatte entschieden, daß man Cecil über Junes Affäre informieren mußte.

Sie versuchte, in Blockbuchstaben mit einem Filzschreiber bestimmte Texte zu entwerfen, schnitt auch Wörter aus der Zeitung aus und klebte sie auf neutrales Papier. Aber keiner der Sätze schien sie zu befriedigen. WO WAR IHRE FRAU AM DIENSTAGABEND, oder GEHEN SIE IHRER FRAU AM DIENSTAG NACH IN DIE DUNSTABLE MEWS – nein, das war zu kühl. IHRE FRAU IST EINE EHEBRECHERIN klang zu kitschig. Zuletzt zerknüllte sie das Papier und warf es in den Papierkorb. Sie würde sich etwas entscheidend Besseres einfallen lassen müssen.

Am darauffolgenden Samstag war die Praxis von Mr. Vigors geöffnet, und Nancy hatte Dienst. Vigors brauchte nur eine seiner beiden Hilfen für den Notdienst. Lorna fiel ein, daß Nancy an diesem Abend eine Verabredung mit ihrem Freund hatte, und bot ihr an, den Dienst für sie zu übernehmen.

»Oh, würdest du das für mich tun, Lorna? Das wäre wunderbar. Dann könnte ich noch schnell in der Boutique vorbeischauen«, sagte Nancy.

Und an diesem Samstag herrschte bei Mr. Vigors Hochbetrieb. Der letzte Patient verließ die Praxis um halb eins, und Vigors brach auf, ehe Lorna mit dem Aufräumen fertig war.

»Schließen Sie ab, Lorna?« fragte er.

»Natürlich.«

»Also dann, bis Montag.«

Er eilte nach Hause zu seiner Frau, und Lorna setzte sich erst einmal hin und entspannte sich. Danach räumte sie die Krankenblätter weg, reinigte das Becken und gab die Instrumente in den Sterilisator. Dann schaute sie hinüber zum Haus der Titmuss'. Jetzt saßen sie wahrscheinlich beim Essen, dachte sie. Oder sie waren weggefahren. Drüben rührte sich nichts. Sie würde jetzt nicht hierbleiben – es war besser nach Einbruch der Dunkelheit, wenn drüben die Lichter brannten.

Sie ging zur Busstation. Als sie um die Ecke kam, sah sie Cecil, der ihr mit seinen beiden Kindern entgegenkam. Das kleine Mädchen hing an seinem Arm, und der Junge kam hinterher.

Lorna ging ganz automatisch weiter, konnte der Begegnung nicht entrinnen. Würde er sie erkennen? Mit ihr sprechen?

Cecil hatte nur gemerkt, daß ein anderer Fußgänger sich näherte, und die Kinder zur Seite gezogen. Dabei sah Lorna, wie irgendein kleiner Gegenstand auf das Pflaster fiel, und hörte, wie der kleine Junge aufschrie.

Lorna bückte sich und hob den Gegenstand, ein Spielzeugauto, auf, und gleichzeitig riß sich der Junge aus dem Griff seines Vaters los und rannte auf sie zu. Sie drehte sich um, noch immer gebückt, und reichte dem Jungen das Auto. »Hier, das gehört doch dir«, sagte Lorna.

Barty griff danach und drückte dann das Auto an seine Brust.

»Sag Dankeschön, Barty«, hörte sie Cecils Stimme.

Seine Hosenbeine waren dicht vor Lornas Nase; sie blieb bewegungslos neben dem kleinen Jungen am Boden hocken.

Dann erhob sie sich. Sie war größer als Cecil, das hatte sie schon früher festgestellt, in der Bibliothek und im Krankenhaus.

»Nanu«, sagte Cecil, »das ist ja Miss –«

Aber ihr Name fiel ihm nicht ein.

»Lorna Gibson«, sagte sie rasch. »Ich arbeite gleich um die Ecke –«

»Ich weiß«, unterbrach er sie, weil es ihm wieder eingefallen war. »Beim Zahnarzt, nicht wahr? Vielen Dank, daß Sie Bartys Auto gerettet haben.«

»Nicht der Rede wert«, sagte Lorna und schaute dem Vater und seinen Kindern nach, während sie durch das Gartentor von ›The Linden‹ gingen.

9

Lorna hatte gerade den Wasserkessel aufgesetzt und bestrich sich eine Scheibe Brot mit Butter, als es klingelte. Das Geräusch war so ungewohnt, daß sie vor Überraschung zusammenzuckte; wenn irgend jemand bei ihr vorbeischaute, dann war es höchstens ein Hausierer, und die kamen nie am Samstagabend.

Sie ging nach unten und öffnete argwöhnisch die Tür; die Sperrkette ließ sie eingehängt.

Ein großer Mann im Regenmantel stand draußen.

»Kriminalinspektor Purdy, Miss Gibson«, sagte er. »Kann ich einen Augenblick mit Ihnen sprechen?«

»Oh! Ja, natürlich. Aber kommen Sie doch rein.« Lorna öffnete die Tür ganz.

Purdy trat in den engen Korridor, und Lorna wich zurück bis zur ersten Stufe; es war nicht viel Platz zwischen der Tür und der Treppe. Außerdem stand da noch ihr Fahrrad an der Wand. Es war sauber und gepflegt, stellte der Chefinspektor fest; das Chrom blitzte, und eine Kette mit Vorhängeschloß sicherte das Hinterrad. Er ging einen Schritt auf Lorna zu, die sofort um eine weitere Stufe zurückwich. Sie merkte, daß er wohl annahm, sie würde ihn nach oben in ihr Zimmer bitten.

Jetzt drehte sie sich um. »Hier herauf, bitte«, sagte sie so unpersönlich, als gebe sie einem Patienten in der Praxis irgendwelche Anweisungen.

»Wohnen Sie schon länger hier?« fragte Purdy, als er ihr nach oben folgte.

»Drei Jahre.«

»Was für ein hübsches Zimmer!«

Es war wirklich eine Überraschung. Im Licht der Lampe leuchteten die Rot- und Orangetöne, und ihr Widerschein verlieh auch Lornas Gesicht ein wenig Farbe.

»Ich mache mir gerade eine Tasse Tee. Mögen Sie auch eine?« fragte sie steif.

»Gerne, vielen Dank.«

Lorna goß das Wasser direkt in eine große Tasse, in die sie zuvor einen Teebeutel gehängt hatte; sie besaß keine Teekanne. Dann bereitete sie dem Chefinspektor in derselben Weise ebenfalls eine Tasse Tee. Purdy ließ beim Trinken den Löffel in der Tasse, da er nicht wußte, wo er ihn hinlegen sollte. Es gab keine Untertassen.

»Ich komme noch einmal wegen des Mannes, der Mr. Beauchamp überfallen hat. Ist Ihnen nicht noch irgendein Detail dazu eingefallen?« fragte er.

»Nein.«

»Sie sind unsere einzige Hoffnung, wissen Sie«, sagte Purdy. »Ich dachte, Sie könnten sich vielleicht doch an ein paar Einzelheiten erinnern.«

»Leider nein.«

Was für ein enttäuschendes Mädchen. Sie war nicht gerade hilfreich. Aber es mußte doch irgend etwas bei ihr hängengeblieben sein... Es mußte ihm gelingen, sie zu überreden, daß sie sich noch einmal genau die Szene vorstellte.

»Er trug einen dunklen Anorak, doch das habe ich Ihnen ja bereits gesagt. Und auch das mit der Mütze«, erklärte Lorna. »Er ist gelaufen. Ich nehme an, er war noch ziemlich jung. Aber ich muß gestehen, ich habe ihn völlig vergessen in dem Augenblick, als ich Mr. Beauchamp am Boden liegen sah.«

»Verständlich«, entgegnete Purdy und trank einen Schluck Tee. Er hätte schwören mögen, daß diese junge Frau außer sich war vor Angst. Wahrscheinlich erwartete sie ihren Freund und befürchtete, er könne einen falschen Eindruck gewinnen. Es war ohnehin nur eine vage Hoffnung gewesen, daß er mit seinem Besuch bei dieser Miss Gibson etwas ausrichten konnte. Die Polizei hatte seit dem Überfall alle Banken überwachen lassen und keinen Menschen entdecken können, der in der Nähe herumlungerte.

»Waren Sie in Spanien?« fragte er und deutete auf die Plakate.

»Auf Mallorca. Aber das ist schon eine Weile her.«

»Muß sehr hübsch sein.«

»Ja.« Lorna ließ sich nicht darauf ein. »Noch eine Tasse Tee?«

»Nein, danke. Ich muß weg. Tut mir leid, daß ich Sie gestört habe. Vermutlich gehen Sie heute abend noch aus.«

»Ja.«

Purdy erhob sich, und Lorna nahm seine Tasse weg. Als er sich umdrehte und gehen wollte, bemerkte er, daß der Papierkorb voller Zeitungsfetzen war. Er entdeckte eine Seite, aus der kleine, rechtekkige Stücke herausgeschnitten waren.

»Nun, ich will Sie nicht länger aufhalten. Wenn Ihnen noch etwas einfallen sollte, lassen Sie uns das doch wissen, oder?«

»Selbstverständlich.«

»Machen Sie sich keine Mühe; ich finde schon allein hinaus.«

Aber Lorna begleitete ihn nach unten, und sobald er das Haus verlassen hatte, legte sie wieder die Sperrkette vor.

Ray kam mit seiner Lieferung von Lebensmitteln, kurz bevor Ted Mrs. Malmesbury zur Dienstagsfahrt abholen sollte. Er fuhr mit dem Lift nach oben, stellte den Karton vor die Tür und frisierte sich, damit er ordentlich aussah, ehe er auf die Klingel drückte.

»Die Bestellung von Crawly«, sagte er, als die alte Dame die Tür öffnete.

»Ah – dann sind Sie der Sohn von Mrs. Brett.«

Mrs. Malmesbury erblickte einen bleichen jungen Mann mit wasserblauen Augen, sehr ordentlich aussehend. Er machte einen liebenswürdigen Eindruck.

»Ja, der bin ich. Ich bringe Ihnen die Sachen gleich hinein, nicht?« sagte Ray und betrat die Wohnung.

»Danke – in die Küche, hier entlang, wenn Sie so nett sein würden«, sagte Mrs. Malmesbury.

Ray brachte den Karton dorthin und schaute sich unterwegs ein wenig um. Die Wohnung machte einen recht guten Eindruck: Teppichböden, Sofa und Sessel mit demselben Stoff überzogen, ein Bücherregal neben dem offenen Kamin, auf der anderen Seite ein zweites Regal mit schönen Silbergegenständen. Sein Interesse wuchs, aber er durfte es natürlich nicht zeigen.

»Es ist alles vollzählig«, sagte er. »Ich habe es anhand Ihrer Liste überprüft.« Das stimmte zwar nicht, aber die Leute bei Crawley waren zuverlässig.

»Sehr nett von Ihnen. Hier.« Mrs. Malmesbury fummelte in ihrer Geldbörse herum, nahm ein Zehnpennystück heraus und gab es ihm.

»Oh, vielen Dank.«

»Das nächstemal müssen Sie mit mir eine Tasse Tee trinken, junger Mann, aber heute werde ich abgeholt. Wie meistens am Dienstag.«

Ray prägte es sich ein. Vielleicht kam ihm diese Information noch einmal sehr gelegen.

Ted hielt hinter dem Lieferwagen des Lebensmittelgeschäfts. Er sah Ray aus dem Haus kommen, war aber abgelenkt und achtete nicht auf ihn. Er lauschte nach dem Motor seines Humber; das Leerlaufgas war etwas zu hoch eingestellt. Mrs. Malmesbury wollte heute nicht zum Einkaufen. Sie hatten am vergangenen Dienstag eine kleine Besorgungstour gemacht und die Lieferungen mit Crawley besprochen. Danach war sie ziemlich müde gewesen und hatte sich nach Hause fahren lassen. Heute sollte Ted sie zum Mittagessen aufs Land bringen, zu Hesther und Edgar Ford.

»Wie geht es Ihnen?« fragte er sie, während er ihr in den Wagen half. Er schlang eine Wolldecke um ihre Beine, und Mrs. Malmesbury seufzte vor Behagen. Es war angenehm, wenn sich jemand so nett um sie bemühte.

»Viel besser, danke«, sagte sie, mußte dann jedoch zugeben: »Aber ich bin noch immer ein wenig schwach auf den Beinen.«

»Also direkt nach Diddington, wie?«

»Könnten wir nicht unterwegs bei der Bibliothek vorbeifahren? Ich muß zwei Bücher zurückgeben, die Leihfrist ist abgelaufen. Vielleicht können Sie das für mich erledigen: ich fühle mich noch nicht gut genug, um selbst hineinzugehen.«

»Gern«, sagte Ted. »Soll ich ihnen auch etwas Neues zum Lesen mitbringen?«

»Ja – dieser nette Mr. Titmuss sucht mir sicherlich etwas Passendes aus«, erwiderte Mrs. Malmesbury. »Fragen Sie nur nach ihm. Wissen Sie, daß er mich sogar im Krankenhaus besucht hat? War das nicht nett von ihm?

»Sehr nett«, sagte Ted. Er fühlte einen Stich, als er sie Cecils Namen sagen hörte. Bis jetzt war es ihm gelungen, seine Existenz weitgehend zu verdrängen; wenn June und er zusammen waren, nahm sie ohnehin seine ganze Aufmerksamkeit in Anspruch, und wenn er allein war, führte er sein eigenes Leben, das aus Arbeit bestand und wenig anderem. Und wenn er an June dachte, dann sah er sie immer in dem Blumengeschäft, nie als Frau eines anderen.

Er parkte den Wagen an einer Parkuhr nahe der Bibliothek, nahm seine Mütze ab und legte sie auf den Sitz.

»Ich bin gleich wieder da«, sagte er.

»Ich sitze hier warm und bequem«, versicherte ihm Mrs. Malmesbury. Sie schloß die Augen, nachdem er gegangen war. Ein kleines Schläfchen kam gerade recht. Der Mittag mit Hesther würde ohnehin anstrengend werden.

Miss Binks hatte Schalterdienst. Ted gab die Bücher zurück, sagte, daß sie von Mrs. Malmesbury seien und daß die alte Dame Mr. Titmuss bitte, ihr ein paar andere herauszusuchen.

»Oh, aber ich kann unmöglich Mr. Titmuss deshalb stören«, erklärte Miss Binks entgeistert. »Ich weiß, daß er sich um Mrs. Malmesbury gekümmert hat, aber er hat auch miterlebt, wie sie hier ohnmächtig wurde.«

Man hätte denken können, der Kerl sei der liebe Gott persönlich, so, wie dieses Mädchen von ihm sprach.

»Welcher von den Herren ist es denn?« fragte Ted.

»Er steht da drinnen.« Miss Binks senkte die Stimme und deutete auf die gläserne Trennscheibe. »Im Büro. Er verhandelt gerade mit dem Leiter der Bibliothek.«

Durch die Schlitze der Jalousie erblickte Ted zwei Männer; der eine war groß mit grauem Haar, der andere kleiner. Sein Kopf war schon ein bißchen kahl. Er erkannte den Kleineren; das war einer der Männer, die damals Mrs. Malmesburys Bahre begleitet hatten.

»Ist es der kleinere?«

»Ja.« Miss Binks Stimme war nur ein Flüstern, als ob die beiden Chefs sie hören könnten. »Ich suche Ihnen etwas Passendes für Mrs. Malmesbury«, sagte sie und ging zu den Regalen.

Während er auf sie wartete, beobachtete Ted diesen Cecil. Das also war Junes Mann. Er sah unbedarft aus. Ted streckte sich unbewußt und stand ganz aufrecht da. Die beiden Männer bewegten sich jetzt; während sie noch miteinander diskutierten, kamen sie heraus in den Lesesaal und gingen ganz dicht an Ted vorbei.

Cecil war nicht klein, aber auch nicht groß, und ziemlich mager. Er sah sehr unauffällig aus. Was er wohl sagen würde, wenn er wüßte, daß der Liebhaber seiner Frau keine zehn Meter von ihm entfernt in der Bibliothek stand?

Ted fühlte keinerlei Schuldbewußtsein. So etwas kam schließlich nicht zum erstenmal vor. Solange Cecil es nicht wußte, würde es ihn nicht einmal verletzen. Es war ja auch nicht zuletzt seine eigene Schuld. Offensichtlich ahnte er nicht, wie man mit Frauen wie June umzugehen hatte.

10

Lorna blieb auch nach der Arbeitszeit am Dienstagabend in der Praxis. Sie hatte sich einen verzweifelten Plan zurechtgelegt. Sie schaltete die Lichter aus, schloß alle Türen und zündete sich eine Kerze an, daß man ihre Anwesenheit von draußen nicht bemerken konnte. Sie hatte sich ein paar Sandwiches mitgebracht; den Tee konnte sie sich hier bereiten. Sie wartete, bis June weggegangen war, angeblich zum Italienischkurs.

Um Viertel nach sieben blies Lorna die Kerze aus, verwischte die

Spuren ihrer Anwesenheit und verließ das Haus. Ein paar Minuten später läutete sie an der Haustür von ›The Linden‹.

Cecil kam an die Tür. Er trug einen Hausmantel und machte einen müden Eindruck.

»Oh, Miss – äh –«, sagte er und blinzelte sie überrascht an. Er konnte sich noch immer nicht an ihren Namen erinnern.

»Mr. Titmuss, es tut mir leid, wenn ich Sie störe. Ich wollte eigentlich mit Ihrer Frau sprechen«, sagte Lorna mit fester Stimme, obwohl ihr das Herz bis zum Hals klopfte.

»Sie ist nicht da. Kann ich ihr etwas ausrichten?« fragte Cecil und schaute Lorna dabei völlig perplex an. Kannte June denn dieses Mädchen? Eine kalte Bö erfaßte die beiden, als sie vor der Tür standen, und er fügte hinzu: »Es ist kalt – kommen Sie doch herein.«

So einfach war das. Sie stand schon drinnen im Haus. Versuchte, nicht allzu neugierig herumzustarren; sah nur eine gelbe Tapete und weißlackierte Türen; das Haus hatte sich seit damals, als es verkauft wurde, sehr verändert.

»Ich sammle für einen wohltätigen Zweck«, sagte Lorna. »Für die Tibetaner.« Der Gedanke war ihr gekommen, als sie ein Foto des Dalai Lama gesehen hatte; sie brauchte nicht viel mehr davon zu wissen, es diente ja nur als ein Vorwand.

»Tibetaner? Nun – meine Frau wird sicher etwas Geeignetes finden. Ich sage es ihr. Kommen Sie noch einmal vorbei?«

»Wer ist denn da, Daddy«, erklang eine Kinderstimme. Eine kleine Gestalt im blauen Pyjama erschien am oberen Ende der Treppe: Barty.

»Barty, geh wieder in dein Bettchen«, sagte Cecil.

»Hallo«, rief Lorna hinauf. »Was macht dein Auto?«

»Es hat ein Rad verloren«, sagte Barty. »Ich zeige es dir.« Er verschwand, und man hörte Klappern von oben. Lorna schaute Cecil schuldbewußt an.

»Ich hätte nicht danach fragen sollen«, sagte sie.

»Ach was, es ist doch nett von Ihnen, daß Sie noch daran denken.«

Als ob sie das hätte vergessen können.

Barty kam herunter mit seinem Spielzeugauto, zeigte es ihr. Tatsächlich, ein Rad fehlte.

»Ach, du meine Güte«, sagte Lorna. »Du findest es bestimmt morgen früh. Und jetzt mußt du wieder ins Bett.«

Barty gehorchte. Als er oben angekommen war, drehte er sich um und sagte: »Komm, bring mich doch ins Bett«, ein Befehl, der an Lorna gerichtet war.

»Aber Barty«, begann Cecil, doch Lorna unterbrach ihn.

»Darf ich?« fragte sie.

»Ja – ja, sicher, wenn es Ihnen nichts ausmacht«, erwiderte Cecil verblüfft.

Ausmachen? Sie konnte es ja kaum erwarten.

Bartys Zimmer war hellrosa ausgemalt; vor dem Fenster waren Vorhänge mit einem Zinnsoldaten-Muster. Sein kleines Bett stand dicht an der Wand, und auf dem Kissen lag eine schon ziemlich ramponierte Giraffe. Lorna beugte sich hinunter und deckte den kleinen Jungen zu, als mache sie das jeden Abend. Und als Dank dafür empfing sie einen warmen, feuchten Kuß. Cecil, der ihr nach oben gefolgt war, beobachtete diese Szene von der Tür aus, und Janet, die alles mitangehört hatte, rief nach ihrem Vater.

»Leg dich schlafen«, sagte Cecil und öffnete die Tür zu ihrem Zimmer. »Es ist nur Miss Gibson. Sie kommt wegen einer Wohltätigkeits-Sammlung.« Endlich war ihm ihr Name wieder eingefallen.

»Ich will sie sehen«, sagte Janet sehr bestimmt.

»Aber nur, um gute Nacht zu sagen.«

Lorna steckte den Kopf durch den Türspalt. Zwei Augen funkelten ihr aus dem Halbdunkel entgegen.

»Gute Nacht«, sagte Lorna.

»Gute Nacht«, erwiderte Janet mit hoher, verstellter Stimme.

»Es tut mir leid«, sagte Cecil, als er mit Lorna wieder hinunterging.

»Nein, *ich* habe *Sie* gestört«, entgegnete Lorna, und dann: »Oh, wie schön!« Sie hatte das Modell der Kathedrale von Wells auf dem Fensterbrett entdeckt.

Cecil schaute glücklich und stolz drein.

»Es ist aus Streichhölzern, nicht wahr? Haben Sie das selbst gemacht?« Als ob sie das nicht wußte!

»Ja. Zur Zeit baue ich Notre Dame«, sagte Cecil. »Wollen Sie sehen?«

»Bitte.«

Sie gingen in das Zimmer, in dem sie ihn so oft von gegenüber hatte sitzen sehen. Da war der Tisch, dort, an der Wand, der Bauplan und die Zeichnung von Notre Dame, der Klebstoff, die Streichhölzer.

»Wundervoll! Und wie lange brauchen Sie, bis das fertig ist?« Sie betrachtete das Modell.

»Oh, ein paar Monate. Vielleicht ein Jahr. Man kommt nur sehr langsam voran. Ich arbeite fast jeden Abend ein wenig daran.«

Sie wußte es.

»Wir gehen nur selten aus. Es gibt kaum Babysitter, denen man vertrauen kann. Also haben sich meine Frau und ich Hobbys zugelegt«, sagte Cecil. »Meine Frau lernt zur Zeit Italienisch. Sie ist heute abend im Kurs.«

Angenommen, sie hätte jetzt gesagt: ›Das haben Sie wohl gedacht, wie? In Wirklichkeit besucht sie ihren Liebhaber.‹ Was hätte er darauf geantwortet?

Lorna atmete tief ein.

»Ich würde Ihnen gern als Babysitter aushelfen, wenn Sie mal mit Ihrer Frau ausgehen wollen«, sagte sie.

»Wirklich?« Er schaute sie überrascht an.

»Es wäre mir eine Freude.«

Sie war sicher zuverlässig, das mußte sie schließlich sein als Praxishilfe. Außerdem brauchte man sie ja nur anzusehen.

»Bitte, sagen Sie es mir ruhig, wenn Sie mal die Kinder alleinlassen müssen. Sie können mich jederzeit in Mr. Vigors Praxis erreichen.«

»Das ist nett von Ihnen. Ich sage es meiner Frau. Es könnte sein, daß wir schon bald auf Ihr freundliches Angebot zurückkommen.«

»Ich habe es ehrlich gemeint«, sagte Lorna.

»Ja. Das sehe ich.«

Er brachte sie an die Tür.

»Und das mit der Sammlung werde ich auch June sagen. Sie findet sicher irgend etwas«, versprach er und ließ sie hinaus in die einsame Nacht.

Lorna war morgens wie üblich mit dem Bus in die Praxis gefahren und mußte daher auch mit dem Bus zurückfahren. Unterwegs war sie in einem fast entrückten Zustand; sie sah noch einmal jede Sekunde ihres großen Abenteuers vor sich. Als sie von der Haltestelle zu ihrem Haus ging, kam vor ihr eine Gestalt aus einer Seitenstraße, ein junger Mann in Jeans und einem Anorak. Er trug eine Schildmütze. Trotz ihrer Geistesabwesenheit fiel er Lorna sofort auf. Sie gingen eine Weile hintereinander her, kamen an der Boutique, an ›Tansy's Tea Shoppe‹ und am ›Floradora‹ vorbei. Vor dem Blumenladen blieb der junge Mann stehen und betrachtete das Schaufenster, und als er Lorna kommen hörte, wandte er sich um. Sie sah einen Augenblick lang sein Gesicht mit den wasserblauen Augen. Gleich danach drehte er sich wieder um und lief über die Straße. In diesem Augenblick aber verriet er sich, denn sein Aussehen und seine Bewegungen erinnerten Lorna an den Mann, der Mr. Beauchamp überfallen hatte und direkt vor ihrem Fahrrad über die Straße gelaufen war.

11

Chefinspektor Purdy drückte auf Lornas Klingel und wartete.

Diesmal hatte sie mit seinem Besuch gerechnet und war darauf vorbereitet. Sie lief rasch die Treppe hinunter und öffnete.

»Kommen Sie doch rauf, bitte«, sagte sie.

Sie trug das Haar offen und hatte einen beigefarbenen Pullover und eine schwarze Hose an. Jetzt sah sie ganz anders aus als das Mädchen, das er zuvor schon zweimal verhört hatte. Purdy wunderte sich über die erstaunliche Veränderung.

Die Gasheizung war eingeschaltet, die Vorhänge waren zugezogen, und er hörte den Teekessel summen.

»Ich mache Ihnen eine Tasse Tee«, sagte sie. Als sie mit dem Tablett und den Tassen erschien, stand sogar eine Zuckerdose dabei.

»Sie haben mir etwas mitzuteilen«, sagte er.

»Ja. Aber es ist sicher nicht sehr wichtig.«

Lorna hatte am frühen Abend die Polizei angerufen, nachdem sie sich den ganzen Tag überlegt hatte, ob sie dazu verpflichtet war. Schließlich konnte sie nicht mit Sicherheit behaupten, daß es derselbe Mann gewesen war. Andererseits mußte sie an den armen Mr. Beauchamp denken und an mögliche Opfer, die in Zukunft von dem Räuber überfallen wurden.

»Ich habe den Mann gesehen«, sagte sie. »Das heißt, ich meine, daß er es gewesen sein kann.«

Das hatte sie auch dem Beamten erklärt, der den Anruf entgegennahm.

»Wo haben Sie ihn gesehen?« fragte der Inspektor.

Lorna schilderte es ihm.

Er fragte nach der Uhrzeit.

»Es muß kurz nach neun gewesen sein. Er ging vor mir her. Und er ist mir erst aufgefallen, als er plötzlich über die Straße lief.«

»Warum?«

»Ich weiß nicht. Zuvor hat er sich die Schaufenster angesehen. Das habe ich bemerkt.«

»Und Sie haben ihn eingeholt?«

»Ja.«

Es war ihr bis dahin nicht klargeworden, warum der Mann geflohen war. Aber genau das war es: eine Flucht. Lornas Foto war in der Zeitung gewesen. Er hatte sie vermutlich ebenfalls wiedererkannt.

»Würden Sie ihn jetzt auch erkennen?«

»O ja. Diesmal habe ich ihn mir genau angesehen. Aber natürlich kann ich nicht mit Sicherheit behaupten, daß er der Mann war, der Mr. Beauchamp überfallen hat. Er trug nur dieselbe Mütze und bewegte sich auch genauso.«

»Ich möchte Sie bitten, daß Sie mit mir auf die Wache kommen«, sagte Purdy. »Ich werde Ihnen ein paar Fotos zeigen. Unsere Verbrecherkartei. Sie wissen ja. Vielleicht erkennen Sie ihn wieder. Wenn nicht, versuchen wir, uns ein Bild von ihm zu machen nach Ihrer Beschreibung.«

»Jetzt gleich?«

»Ja. Lassen Sie Ihr Fahrrad ruhig hier. Wir bringen Sie danach zurück.

12

»Tibetanische Flüchtlinge? Das ist nichts Neues«, sagte June.

»Nein. Aber ich bin sicher, sie haben es verdient«, meinte Cecil.

»Ich glaube, ich finde ein paar Sachen«, sagte June. »Kommt sie denn wieder, um sie abzuholen?«

»Ja.« Cecil stand vom Frühstückstisch auf. »Sie hat außerdem gesagt, daß sie gelegentlich bei uns Babysitter machen würde.«

»Gar nicht schlecht – ich denke da an den Rotkreuz-Ball.«

Man hatte ihnen Einladungen zu diesem gesellschaftlichen Ereignis geschickt, das unter der Schirmherrschaft des Bürgermeisters stattfand; die Eintrittskarten waren zwar teuer, aber der Ball gehörte zu den wichtigsten Festen des Jahres in Felsbury, und sie wären gern hingegangen. Bis dahin hatten sie allerdings das Problem mit dem Babysitter noch nicht gelöst und sich schon fast damit abgefunden, nicht hingehen zu können.

Cecil ging hinüber ins Schlafzimmer, um seinen Aktenkoffer zu holen, und June folgte ihm.

»Glaubst du, dieses Mädchen ist dafür geeignet?« fragte sie.

»O ja. Sie macht einen vernünftigen Eindruck. Und außerdem arbeitet sie beim Zahnarzt um die Ecke. Du kannst sie ja einmal dort anrufen.«

»Aber wir würden erst sehr spät vom Ball heimkommen«, sagte June.

»Ich kann sie mit dem Wagen nach Hause bringen. Sie wohnt sicher nicht weit von hier.«

»Ja – oder sie kann auch über Nacht hierbleiben.«

»Gute Idee. Ich schlage vor, du besprichst das mit ihr, Schatz. Sie heißt Gibson. Sobald du mit ihr gesprochen hast, bestellen wir die Eintrittskarten.«

»Aber ich brauche etwas zum Anziehen«, begann June.

»Ich glaube, das Problem werden wir auch lösen können.« Cecil lächelte und ging noch einmal ins Bad.

June kehrte in die Küche zurück und trieb die Kinder an, sie sollten sich mit dem Frühstück beeilen.

Am Nachmittag rief June ihren Mann in der Bibliothek an. Lorna war einverstanden, am Abend des Rotkreuz-Balls auf die Kinder aufzupassen.

Junes Anruf hatte Lorna sehr erschreckt. Sie nahm gewöhnlich alle Gespräche entgegen, aber bis dahin waren es nur Patienten gewesen, die einen Termin vereinbarten. sie hatte noch nie ein privates Gespräch geführt.

Die Frauenstimme war leise und angenehm.

»Miss Gibson? Sie waren doch gestern abend bei uns, wegen der tibetanischen Flüchtlinge. Ich bin June Titmuss.«

»Ach ja!« Lorna schnappte nach Luft.

»Ich habe Ihnen ein paar Sachen für Ihre Sammlung herausgesucht. Und mein Mann hat mir gesagt, daß Sie bereit wären, gelegentlich abends auf die Kinder aufzupassen. Ist das richtig?«

»Ja, sicher.«

Es war alles in ein paar Minuten vereinbart. Lorna geriet in Panik, als June ihr vorschlug, sie könne auch bei ihnen übernachten. Nein, sie würde selbstverständlich mit dem Fahrrad nach Hause fahren.

June bestand darauf, daß Cecil sie mit dem Wagen heimbringen mußte, und damit war auch dieses Problem geklärt. Danach bedauerte Lorna, daß sie aus Dummheit die Chance verpaßt hatte, eine Nacht mit Cecil unter einem Dach zu verbringen; June dagegen war erleichtert, daß Miss Gibson nach Hause wollte, denn das ersparte ihr eine Reihe von Unannehmlichkeiten.

»Sind Sie mit einem Pfund einverstanden?« fragte June zuletzt.

»Aber ich will doch kein Geld haben dafür«, erwiderte Lorna. »Es ist mir ein Vergnügen.«

June lachte.

»Na, dann geben Sie das Geld den Tibetanern«, sagte sie und legte auf.

»Sie hat ihn nicht unter unseren Kunden erkennen können«, sagte Kriminal-Chefinspektor Purdy.

Chef-Superintendent Whitchurch schob seinen Sessel zurück, nahm seine Brille ab und rieb sich die Augen.

»Aber sie redete nicht nur so daher, oder?«

»Nein, gewiß nicht.«

»Was ist mit diesen Zeitungsschnitzeln, die Sie gesehen haben? Hatte sie gestern abend wieder welche in ihrem Papierkorb?«

Purdy hatte diskret einen Blick auf Lornas Papierkorb geworfen.

»Nein. Diesmal war nur das Papier einer Schokoladentafel drinnen«, sagte er. »Dennoch – sie ist eine komische Frau. Nervös – vielleicht auch neurotisch.«

»Na ja – in letzter Zeit hat sich jedenfalls niemand bei uns über anonyme Briefe beschwert«, sagte Whitchurch. »Vielleicht hat sie eine Leidenschaft für irgendwelche Spiele mit Papierschnitzeln. Was werden Sie in Sachen Raubüberfall unternehmen?« Er deutete auf die Zeichnung, die nach Angaben von Lorna von dem mutmaßlichen Täter angefertigt worden war.

»Ich dachte, wir lassen das Bild ohne großes Aufsehen herumgehen. Vielleicht erkennt ihn jemand.«

»Tun Sie das«, sagte der Superintendent. »Und ich hoffe, die junge

Frau hält die Augen offen.«

»Oh, das glaube ich schon«, sagte Purdy. »Wahrscheinlich ist sie unsere größte Stütze. Mit ihrem Fahrrad kommt sie ja viel herum in der Stadt.«

Lornas erste Reaktion auf das Gespräch mit June bestand darin, daß sie nicht umhin konnte, die Stimme sympathisch zu finden. Sie hatte so warm und freundlich am Telefon mit ihr gesprochen. Wie trügerisch doch die Stimme eines Menschen sein konnte.

Sie entschloß sich, am Samstag hinzugehen, um die Sachen für die Tibetaner in Empfang zu nehmen, weil dann eine Chance bestand, daß Cecil im Hause war.

Es war ein kalter, klarer Tag, und als Lorna genügend Mut gesammelt hatte, um an der Haustür zu klingeln, dämmerte es bereits.

Janet, in einer großen Schürze, öffnete, und Cecil tauchte gleich danach hinter dem kleinen Mädchen auf. »Ah, Miss Gibson. Sie sind wegen der Sammlung hier.«

»Wenn es Ihnen nicht ungelegen ist –«

»Natürlich. Kommen Sie doch rein. Sie müssen uns entschuldigen, wir sind alle ziemlich bekleckert.« Auch Cecil trug eine Schürze, und jetzt erschien Barty, der sich ein großes Handtuch umgewickelt hatte.

»Morgen hat Mammi Geburtstag, und wir haben ihr einen Kuchen gebacken«, erklärte Janet.

»Meine Frau ist außer Haus«, sagte Cecil. »Da haben wir die Gelegenheit beim Schopf gepackt.«

»Es ist eine Überraschung«, fügte Barty hinzu. »Komm und schau.«

Er streckte ihr eine klebrige Hand entgegen und führte Lorna in die Küche, wo eine große Torte auf dem Tisch stand. ›Zum Geburtstag alles Gute‹ war in zitteriger Zuckergußschrift daraufgeschrieben.

»Was für eine schöne Torte«, sagte Lorna. »Wann haben Sie sie gebacken?«

»Gleich heute früh. Sobald Mammi weg war, nicht?« Cecil hatte sich an seine kleinen Helfer gewandt. »Aber er war noch ein bißchen weich für die Verzierung. Meine Frau arbeitet halbtags bei ›Floradora‹, dem Blumengeschäft. Und heute gibt es eine große Hochzeit in Diddington, wo meine Frau für den Blumenschmuck gesorgt hat. Sie ist den ganzen Tag über dort. Ich bringe Ihnen gleich die Sachen – muß mir nur noch die Hände waschen.«

»Ich spüle dann die Schüssel«, sagte Janet, die den Rest des Zukkergusses mit dem Löffel aß.

»Schön. Aber danach müßt ihr euch auch die Hände waschen – und das Gesicht.«

»Aber Mammi kommt bestimmt noch nicht so bald«, meinte Janet.

»Wir wissen nicht, wann sie kommt«, sagte Cecil. »Sobald ihr zwei die Reste vertilgt habt, geht ihr hinauf und putzt euch die Zähne. So, Miss Gibson.«

Er ging hinaus aus der Küche, und Lorna folgte ihm. Er öffnete eine Kommode in der Diele und nahm einen großen Plastikbeutel heraus.

»Sie haben das Haus sehr schön renoviert«, sagte Lorna, während sie sich schüchtern ein wenig umschaute. »Sie wissen ja, ich kannte es noch in dem alten Zustand, bevor Sie es gekauft haben.«

»Ach – tatsächlich? Ja, wir haben eine Menge Geld und Arbeit reingesteckt.«

Lorna nahm ihm die Plastiktüte ab.

»Bitte sagen Sie Ihrer Frau, daß ich ihr sehr dafür danke – im Namen der Hilfsbedürftigen«, sagte sie.

»Ach, nicht der Rede wert«, entgegnete Cecil. »Im Gegenteil – wir haben Ihnen zu danken, weil Sie sich bereiterklärt haben, auf unsere Kinder aufzupassen.«

»Ich freue mich schon darauf«, erklärte Lorna wahrheitsgemäß.

Sie fuhr schnell auf ihrem Fahrrad nach Hause und lief die Treppen nach oben in ihr Zimmer, wo sie die Plastiktüte auspackte. Sie entdeckte ein paar blaue Baumwollunterhosen, ein etwas fadenscheiniges gelbes Baumwollunterhemd und einen beigen, ärmellosen Herrenpullover. Alles sauber und fleckenlos, wie das Haus. June hatte nicht nur eine angenehme Stimme, sie war offenbar auch eine gute Hausfrau.

Es wäre alles einfacher gewesen, wenn man das nicht hätte behaupten können.

Ted fuhr die Braut zur Kirche, und danach Braut und Bräutigam zum Standesamt. June und er wollten sich später treffen, sobald sie von der Feier loskamen.

Cecil hatte June erlaubt, den Wagen mitzunehmen, daher war sie unabhängig. Jetzt saß sie in einer der hinteren Bänke der Kirche und dachte über Ted nach, der draußen mit dem Humber wartete. So nah, und doch so fern von ihr; als sie an ihm vorübergekommen war, hatte er keinerlei Erkennungszeichen gegeben, sie nicht einmal angelächelt.

»Das ist der Tag, der der Braut gehört«, hatte er ihr bereits zuvor gesagt. »Sie hat dafür bezahlt. Also muß ich ihr meine volle Aufmerksamkeit widmen.«

Wie er sie in geeigneten Augenblicken ihr widmete, dachte June und freute sich schon auf den Nachmittag. Sie sah ihm zu, wie er die Wagentür aufriß, nachdem die Hochzeitsbilder geknipst waren. Teds dichtes, lockiges Haar kam unter seiner Chauffeursmütze hervor. Sie fand es irgendwie aufregend, an einem öffentlichen Ort mit Ted beisammenzusein – eingedenk des Geheimnisses, das sie teilten.

»Sie haben für den Blumenschmuck gesorgt, nicht wahr?« sagte eine Frau bei der Hochzeitsfeier nach dem Standesamt. Sie war um die Fünfzig, mit müden braunen Augen in einem bleichen, faltigen Gesicht. »Das haben Sie aber wunderschön gemacht«.

»Ich danke Ihnen!« June war froh, daß jemand mit ihr sprach, denn sie kannte nur die Braut und deren Familie. Dabei erinnerte sie sich an die Anweisungen von Joyce Watson, ihrer Chefin. »Ich arbeite bei ›Floradora‹ in Felsbury«, fügte sie schnell hinzu.

»Ich werde es mir merken«, erwiderte die Frau. »Ich habe nämlich eine Tochter, die früher oder später heiraten wird.«

»Hoffentlich nicht so bald«, sagte der Mann, der zu der Frau gehörte. Er war ziemlich groß und wirkte sehr vornehm, obwohl er ein bißchen viel von sich hermachte, wie June fand. Sie merkte, daß er sie mit Interesse betrachtete.

»Ich gebe Ihnen eine Karte«, sagte sie und nahm eine von den Geschäftskarten der Firma ›Floradora‹ aus ihrer Handtasche.

»Aber schreiben Sie Ihren Namen darauf«, sagte der Mann.

June schrieb ihn auf die Rückseite. Dann reichte sie die Karte der Frau, aber der Mann nahm sie ihr weg und steckte sie ein.

»Wohnen Sie hier in Diddington?« fragte June den Mann.

»Ja«, erwiderte er. »Mein Name ist Peter Guthrie.

Er wartete auf ihre Reaktion, aber June sagte der Name gar nichts. »Und das ist meine Frau«, fügte er hinzu, aber Mrs. Guthrie stand bereits ein Stück von ihm entfernt und war mit einem uralten Mann im Gespräch, dessen Kopf und Hals an eine Schildkröte erinnerten.

»Wo ist sie denn? Ach, da; sie spricht gerade mit dem alten General Ford. Er ist fast hundert. Kaum zu glauben, wie?«

Ohne weiteres, dachte June, aber sie riß die Augen auf und sagte: »Nein, tatsächlich?«

Guthrie war enttäuscht, daß June seinen Namen nicht kannte. Er wollte sie beeindrucken; dabei konnte er sie nicht einmal mit ihrem Namen anreden, denn zum Lesen ihrer Karte brauchte er eine Brille, und er wollte diese seine Schwäche nicht verraten.

»Ich bringe Ihnen noch ein Glas Champagner«, sagte er und wandte sich an einen der Kellner. »Was können Sie eigentlich noch – außer mit Blumen umgehen, was Sie hinreichend bewiesen haben?«

Als June endlich in den Dunstable Mews ankam, wartete Ted schon zwanzig Minuten auf sie, und sie hatten ihren ersten kleinen Streit.

»Du warst da drinnen mit all den feinen Leuten«, sagte er bitter. »Und eines Tages wirst du mich einfach wegen so einem vornehmen

Kerl sitzenlassen.«

»O nein, Ted, niemals«, sagte sie. »Nie.« Und nach einer Weile: »Ich glaube fast, du bist eifersüchtig. Wie wundervoll.«

13

Mrs. Malmesbury legte den Hörer auf und begann wieder zu weinen.

Edgar war tot. Der alte Edgar, früher einmal ihre große Liebe. Er war im Schlaf gestorben, ganz plötzlich, am Samstagabend, nach einem fröhlichen Nachmittag auf einer Hochzeit.

Sie hatte eben mit Ted telefoniert, um ihre Vereinbarung für Dienstag abzusagen; statt für eine Einkaufsfahrt brauchte sie ihn am darauffolgenden Mittwoch, damit er sie zu Edgars Beerdigung nach Diddington brachte. Ted war sehr verständnisvoll gewesen; zu ihrer Erleichterung konnte er entsprechend umdisponieren.

Sie weinte noch immer, als Ray kam und die Lebensmittel lieferte. Er kam jetzt zweimal die Woche mit kleineren Lieferungen. Er selbst hatte das vorgeschlagen, für den Fall, daß sie beim einenmal etwas vergaß. Mrs. Malmesbury freute sich stets auf seine Besuche und hatte seiner Mutter gesagt, was er für ein netter Junge sei.

Ray war erschrocken, als sie mit ihrem verweinten Gesicht in der Tür stand. Er befahl ihr besorgt, sie solle sich gleich wieder setzen, und stellte den Teekessel auf.

»Brauchen Sie irgendwelche Medikamente? Soll ich Ihnen etwas besorgen?« fragte er.

»Ich habe alles da. Und ich brauche keine Medikamente«, sagte sie. »Ich bin nur ganz durcheinander. Ein guter alter Freund von mir ist gestorben. Das ist natürlich ein Schock.« Sie wischte sich die Augen. »Aber zwei Aspirin könnten nicht schaden, oder?« meinte sie dann.

Ray brachte sie ihr. Dadurch hatte er die Chance, sich auf dem

Weg ins Bad ein wenig in ihrem Schlafzimmer umzusehen. Am Frisiertisch lagen nicht nur silbergefaßte Bürsten, Kämme und Spiegel, dort stand auch eine Schmuckschatulle. Leichtsinnig, so etwas offen herumstehenzulassen. Damit forderte man ja geradezu das Schicksal heraus.

Mrs. Malmesbury nahm die zwei Aspirin und wirkte ruhiger, nachdem sie den Tee getrunken hatte. Sie bestand darauf, daß Ray ein Pfund als kleines Geschenk für seine Aufmerksamkeit annahm, und Ray zierte sich gerade lange genug, um einen guten Eindruck zu schinden.

Peter Guthrie kam zu ›Floradora‹, bestellte einen Kranz für General Ford und war entzückt, June in dem Laden anzutreffen, denn schließlich war sie der Grund, weshalb er die Bestellung persönlich machte und nicht per Telefon, wie üblich.

Er verbrachte einige Zeit damit, zu diskutieren, welche Blumenkomposition am besten für den Kranz geeignet wäre. Und dann, im richtigen Augenblick, bat er June, mit ihm zum Mittagessen zu gehen.

Warum eigentlich nicht? dachte June, nachdem sie die erste Überraschung hinter sich hatte. Er war schließlich ein Kunde – wer könnte da etwas dagegen haben?

»Danke«, sagte sie ein wenig spröde. »Das wäre sehr nett.«

»Vielleicht im ›Hermes‹?« schlug Guthrie vor. »Wir können uns gleich dort treffen.«

»Ich komme aber nicht vor ein Uhr hier weg«, sagte sie.

»Dann warte ich bei einem Cocktail auf Sie«, antwortete er.

Und das tat er denn auch: bei einem kühlen, roten Campari mit Eis und einer Zitronenscheibe darin.

»Wunderbar«, sagte sie, als er ihr auch einen Campari bestellt hatte.

Guthrie betrachtete sie mit Bewunderung, während sie ihren Mantel abnahm, wobei ihr ein kleiner Kellner mit großen, dunklen Augen und pechschwarzen Locken behilflich war. Ja, diese Frau hatte eine weit faszinierendere Figur als seine Audrey, dachte Guthrie.

»Sind Sie schon mal hiergewesen?« fragte er. »Das Lokal ist allerdings erst seit kurzem geöffnet.«

»Nein. Aber es ist hübsch.« Sie schaute sich um. An der Vorderfront gab es eine kleine Bar, die im Tavernenstil dekoriert war – eine Amphore für Regenschirme, Weinblätter an den Wänden, und zwischen den Flaschen ein Bild vom Parthenon. Als Hintergrundmusik ertönten sanfte Bouzoukiklänge. Obgleich alles nicht ganz echt war, empfand man die Illusion doch recht angenehm, namentlich im Hinblick auf den grauen Novembertag, der draußen herrschte. »Ich mag diese Musik«, sagte June.

Der Kellner brachte zwei riesige Speisekarten.

»Danke, Dino«, sagte Guthrie, was June imponierte, wie er auch erwartet hatte. »Nun, wozu entschließen Sie sich?«

June studierte die Speisekarte. Sie war in Griechisch geschrieben, aber darunter standen die jeweiligen Übersetzungen. Sie meinte, sie wolle ein griechisches Gericht versuchen.

»Und was als Vorspeise? *Dolmades?«* schlug Guthrie vor.

›Gefüllte Weinblätter‹, las June, als Guthrie sich zu ihr hinüberbeugte und auf die Stelle deutete.

»Herrlich«, sagte sie dann.

Sie stellten das restliche Menü in der gleichen Weise zusammen, mit Guthries Arm um Junes Schulter, während er sie beriet.

»Waren Sie schon mal in Griechenland?« fragte er dann.

»Nein, noch nie.« Sie dachte kurz an Harry und ihren geplanten Urlaub auf Korfu.

»Sie müssen unbedingt hin, unbedingt«, sagte Guthrie.

June betrachtete seine großen blauen Augen in dem geröteten Gesicht. Zugleich fühlte sie den Druck seines Beins gegen ihr Knie. Versuchte er es tatsächlich auf diese plumpe Tour, oder war das nur ein Versehen?

Es war kein Versehen; der Druck verstärkte sich. June ließ ihr Knie in Kontakt mit seinem Bein und aß ihre gefüllten Weinblätter.

»Werden Sie Ihrem Mann erzählen, daß Sie mit mir beim Essen gewesen sind?« fragte Guthrie nach kurzem Schweigen.

»Warum nicht?« erwiderte sie. »Es ist doch nichts dabei, wenn man mit jemandem zum Essen geht.«

»Ich werde es meiner Frau jedenfalls nicht sagen«, erklärte Guthrie mit Nachdruck.

»Warum – meinen Sie, sie hätte etwas dagegen?«

»Sie sind viel zu hübsch, meine Liebe. Audrey würde Sie als Bedrohung empfinden. Wann müssen Sie zurück in das Blumengeschäft?«

»Gar nicht. Ich arbeite nur halbtags, am Vormittag. Aber ich muß später meine Kinder von der Schule abholen.«

»Sie haben es also nicht eilig? Gut.«

»Nein, ich habe es nicht eilig«, sagte June.

Nachdem sie wußte, daß Cecil am Donnerstag bis zur Schließung in der Bibliothek blieb, ging Lorna jeden Donnerstag hin. Normalerweise konnte sie ihn durch die Glasscheibe in seinem Büro sitzen sehen.

Aber an diesem Donnerstag kam er in den Lesesaal, während sie eine Zeitschrift las. Sie nahm kaum wahr, was sie eigentlich las, sondern mußte ununterbrochen an Cecil denken.

Er sah sie und kam zu ihr her.

»Ah, Miss Gibson, guten Abend«, sagte er.

»Wie geht es den Kindern? War die Torte ein Erfolg? Hat sich Ihre Frau gefreut?« Die Worte sprudelten mit einer Intensität aus Lorna heraus, daß es Cecil geradezu erschreckte.

»O ja. Sie hat natürlich gewußt, daß wir ihr eine derartige Überraschung bereiteten, hat aber völlig ahnungslos getan«, sagte Cecil.

June war strahlend und glühend vor Begeisterung von der Hochzeit zurückgekommen; seine Gedanken nahmen eine intimere Wendung, als er an die unerwarteten Freuden der darauffolgenden Nacht denken mußte. June genoß es ganz offensichtlich, Leute kennenzulernen; um ihretwillen mußte er sein Bedürfnis nach Häuslichkeit ein wenig einschränken und sie öfters ausführen. Der Rotkreuz-Ball, den das Mädchen vor ihm erst ermöglichte, sollte der Anfang einer Reihe von Vergnügungen werden, entschloß er sich. Inzwischen mußte er sehen, daß er Miss Gibson bei Laune hielt.

»Was lesen Sie denn?« fragte er und warf einen Blick auf die Bücher neben ihr.

»Die gebe ich heute zurück – aber vorhin, als ich hereinkam war der Schalter besetzt«, sagte Lorna.

Cecil nahm die Bücher in die Hand.

»Guthrie – aha. Mögen Sie seine Romane?« Ihre Wahl überraschte ihn.

»Ich hatte bis dahin noch keinen gelesen, aber Mr. Guthrie ist einer von Mr. Vigors Patienten. Ich habe sie mir aus Neugier ausgeliehen«, sagte Lorna. »Wenn ich auch nicht behaupten kann, daß sie mir besonders gefallen hätten.« Sie war gar nicht in der Lage gewesen, sich auf die Lektüre zu konzentrieren. »Der Held ist in allen seinen Büchern so schrecklich eingebildet.«

Cecil betrachtete sie mit wachsendem Interesse. »Sie mögen solche dominierenden Helden nicht, wie?«

»Ich kann mir nicht vorstellen, wie man mit ihnen leben soll«, sagte Lorna.

Nach ein paar höflichen Worten verabschiedete sich Cecil und ging zurück in sein Büro, und Lorna mußte volle fünf Minuten sitzenbleiben, ehe sie in der Lage war, ihre Bücher zurückzugeben und neue auszuleihen.

14

Um vier Uhr am darauffolgenden Samstagnachmittag ließ Joyce Watson ihre Assistentin Tracy im Geschäft ›Floradora‹ und ging zum Friseur. Der Vormittag war anstrengend genug gewesen, denn das Blumengeschäft hatte den ehrenvollen Auftrag bekommen, das

Rathaus in ein Meer von Blumen zu verwandeln. Jetzt war es Zeit, sich für den Abend vorzubereiten; Joyce ging ebenso wie June zu dem Ball.

Tracy war nur ein paar Minuten allein im Geschäft, als ein junger Mann in Jeans und Anorak hereinkam.

»Ich möchte einen Blumentopf für eine alte Dame«, sagte Ray. »Wieviel kostet dieser da?« Er deutete auf eine Azalee.

Tracy nannte ihm den Preis.

»Was? So teuer? Haben Sie nichts Billigeres?«

Sie zeigte ihm ein paar andere Topfpflanzen, und er kaufte schließlich eine bronzefarbene Chrysantheme in einem Plastiktopf. Wenn sie richtig gegossen werde, halte sie monatelang, versprach Tracy.

»Ganz allein hier, wie?« fragte er, während Tracy den Blumentopf einpackte. Er hatte zuvor schon eine Weile vor dem Geschäft gewartet und gesehen, wie Joyce weggegangen war.

»Nur eine Weile. Mrs. Watson kommt bald zurück. Sie läßt sich nur eine Frisur legen – für den Ball im Rathaus«, sagte Tracy.

»Ach ja?« Ray hörte zum erstenmal von dem Ball.

»Wunderschöne Blumen dort«, sagte Tracy. »Riesige Mengen Chrysanthemen und Gladiolen, alles in Weiß und Gelb. Ich wollte, ich könnte auch hingehen.«

»Was? Zu all den langweiligen Leuten? Der Bürgermeister, die Stadträte, und so weiter? Nicht doch! Ich könnte mir vorstellen, daß Sie sich in einer netten Diskothek wohler fühlen«, sagte Ray.

Er bezahlte für die Blumen, und als Tracy die Kasse öffnete, sah er, daß die Fächer voll waren mit Banknoten. Sie merkte, daß er sich dafür interessierte, und schob die Kassenschublade schnell wieder zu. Wahrscheinlich war der junge Mann ganz anständig, aber sie war schließlich allein, und man konnte nicht vorsichtig genug sein.

»Wir sehen uns«, sagte er, als er ging.

Mrs. Floradora würde das Geld bestimmt nicht über Nacht in der Kasse lassen. Entweder sie brachte es zur Bank, oder sie nahm es mit nach Hause. Er blieb neben dem Laden stehen. Vielleicht war es das

Beste, wenn er es jetzt gleich schnappte. Das Mädchen war kein Hindernis – ein Schlag aufs Ohr, und sie legte sich erst ein mal eine Weile schlafen. Aber der Gedanke starb so rasch, wie er geboren war, denn ein Mann eilte an Ray vorüber und betrat das Geschäft. Ray ging weiter.

Wenn die dicke Blonde das Geld mit nach Hause nahm, hatte er genügend Zeit, es sich von dort zu holen, während sie auf dem Ball war. Wenn sie es dagegen doch noch zur Bank brachte, konnte es schwierig werden, denn am Samstagnachmittag trieben sich immer viele Leute auf den Straßen herum und waren seinem Plan womöglich im Weg. Wie konnte er herausbringen, wozu sie sich entschloß?

Er ging zurück zu seinem Wagen, der auf dem Parkplatz beim Rathaus stand, und stellte den Blumentopf auf den Boden vor dem Beifahrersitz. Er war aufgrund einer plötzlichen Eingebung ins ›Floradora‹ gegangen, da er ja bereits wußte, daß das ein fetter Brokken für ihn sein konnte. Außerdem konnte er die Blumen dazu benützen, sich noch mehr bei Mrs. Malmesbury einzuschmeicheln. Er hatte sich noch nicht überlegt, auf welche Weise er die alte Dame berauben würde, aber er hatte sich für alle Fälle eine Kopie des Schlüssels machen lassen, den seine Mutter von der Wohnung der alten Frau besaß. Wahrscheinlich würde er es so machen, daß es wie ein Einbruch aussah, also entweder nachts, oder wenn die Alte aus dem Haus war.

Er saß im Wagen und überlegte sich, was er mit Mrs. Floradora anfangen sollte. Er konnte nicht länger warten. Es mußte noch an diesem Abend geschehen.

Irgendwie mußte Lorna die Zeit bis zum Abend vertreiben. Sie entschloß sich, nicht gleich nach Hause zu fahren. Statt dessen trank sie eine Tasse Tee im ›Tansy's‹.

Dort ging es hoch her, aber schließlich fand sie einen freien Tisch in einer der Nischen. Der alte Mr. Beauchamp kam herüber, um ihr abzuwischen. Er erkannte Lorna nicht wieder. Die ältere Miss Beauchamp brachte getoasteten Teekuchen und eine Kanne Tee, dann tauchten drei Frauen auf und fragten, ob sie an Lornas Tisch Platz nehmen könnten. Lorna zwang sich zu einem Lächeln, als sie sich neben ihr niederließen; zum Glück waren sie so in ihr Gespräch vertieft, daß sie Lorna gar nicht zur Kenntnis nahmen.

Die Straßen waren jetzt hellerleuchtet. Lorna schaute gelangweilt hinaus auf das Schaufenster von ›Floradora‹. Hinter dem üppigen Blumenschmuck sah sie eine noch üppigere Blondine. Ein junges Mädchen bediente gerade einen Kunden. Dann warf sie einen Blick auf die Boutique neben dem Blumenladen; hier kaufte Nancy ihre Sachen, die so ganz anders waren als das, was Lorna trug. Was würde Mr. Vigors wohl denken, wenn Lorna am Montag mit einem bodenlangen Rüschenkleid und einer Jeansweste in der Praxis erscheinen würde? Sie mußte beinahe lachen bei dem Gedanken daran.

Sie wandte sich ab; allmählich wurde es Zeit für sie. Sie ging hinaus, vorbei am ›Floradora‹, überquerte die Straße. Ein junger Mann stand in einem Hauseingang neben einem Wettbüro. Lorna schaute ihn nicht bewußt an, aber als sie vorüberkam, verließ jemand das Wettbüro, und der junge Mann kam auf die Straße heraus. Lorna wich aus, um einen Zusammenstoß zu vermeiden.

Diesmal war sie nicht mit dem Fahrrad, aber ansonsten war die Situation ganz ähnlich. Dies war der junge Mann, mit dem sie schon einmal zusammengestoßen war, und den sie Chefinspektor Purdy beschrieben hatte: der junge Mann mit den wasserblauen Augen.

15

»Ich lasse sie rein, ich darf aufmachen!« schrie Barty.

Die Kinder freuten sich auf die Neuigkeit, daß Lorna auf sie aufpaßte, und seit der Episode mit dem Spielzeugauto betrachtete Barty sie als sein persönliches Eigentum.

»Sie redet mit ihnen wie mit Erwachsenen«, erklärte Cecil seiner Frau, die bereits wußte, daß Lorna bei der Fertigstellung der Geburtstagstorte anwesend war.

In Wirklichkeit hatte Lorna in ihrem Leben so wenig mit Kindern zu tun gehabt, daß sie gar nichts anderes kannte als sie wie jeden anderen Menschen zu behandeln. Jetzt, als sie auf die Klingel gedrückt hatte und vor der Tür von ›The Linden‹ wartete, hörte sie drinnen Bartys Stimme und stellte mit Erleichterung fest, daß die Kinder noch nicht zu Bett gebracht worden waren. Sie befand sich in einem hochgradigen Erregungszustand, wenngleich sie befürchtete, daß die Begegnung mit June ihr einen Dämpfer aufsetzen würde.

Die Tür ging auf, und da stand auch schon Barty in seinem Bademantel, das Haar gebürstet, das Gesicht glänzend vor Sauberkeit.

»Hallo, Barty«, sagte Lorna, und als der kleine Junge den Kopf hob, bückte sie sich und küßte ihn auf die Wange. Es schien ihr das Natürlichste auf der Welt zu sein.

»Ah, Miss Gibson. Da sind Sie ja«, sagte Cecil sehr freundlich.

»Bitte, sagen Sie Lorna zu mir«, bat sie ihn.

»Also dann, Lorna.«

Cecil fühlte sich ein wenig unwohl im Smoking, aber Lorna fand ihn sehr elegant, wenn auch ein bißchen fremd. Er roch schwach nach einem After-Shave, aber Lorna wußte nicht, daß es das war.

»Die Kinder haben mich gebettelt, aufbleiben zu dürfen, bis Sie hier sind«, sagte er.

»Ich komme doch nicht zu spät?« Plötzlich bekam sie einen Schrecken. Nein, sie konnte sich nicht in der Zeit geirrt haben. Sie hatte sogar noch fünf Minuten vor dem Haus gewartet, war ein paarmal auf und ab gegangen, bis es genau die vereinbarte Zeit war.

»Nein, nein. Pünktlich auf die Minute.«

Janet war während dieses Gesprächs im Hintergrund geblieben; sie eilte nicht begeistert auf Lorna zu wie ihr jüngerer Bruder, sondern verhielt sich ihr gegenüber eher kühl und zurückhaltend.

»Ihr Abendessen steht bereit«, sagte sie jetzt. »Hühnchen und Kirschenpudding, und Sherry.«

»Sie hätten sich aber nicht die Mühe zu machen brauchen...« sagte Lorna.

»Na, hören Sie, Sie haben eine lange Nacht vor sich«, entgegnete Cecil. »Sie brauchen doch auch etwas, womit Sie sich stärken können.«

Sie hörten ein Rascheln von oben, und June kam die Treppe herunter. Sie trug ein aprikosenfarbenes Kleid mit Goldmuster, das bei jeder Bewegung raschelte und funkelte. Ihr Haar war auf dem Kopf zusammengesteckt und fiel dann in einer schimmernden Woge über ihren Nacken bis auf die Schultern. Oberhalb ihres Brust- und Schulterdekolletés war die Haut glatt und weiß. Alle vier starrten auf June und hielten den Atem an.

June lächelte bei ihrem Auftritt; dann erblickte sie Lorna und erstarrte.

»Oh«, sagte sie und blieb auf der vorletzten Stufe stehen. »Sie sind also Miss Gibson.«

»Kennt ihr euch?« fragte Cecil.

Lorna fühlte plötzlich ein Bewußtsein ihrer Macht, weil ihr klargeworden war, was sie jetzt hätte sagen können. Dann, nach Wochen des Zweifels endlich entschieden, war ihr augenblicklich klar, was sie sagen mußte.

»Ja«, sagte sie. »Vom Italienisch-Unterricht. Aber ich bin nur zweimal hingegangen, habe es danach aufgegeben.« Es war eine Lüge; sie war dreimal dortgewesen, während June nur an zwei Abenden den Kurs besucht hatte.

June kam die restlichen Stufen hinunter.

»Ich weiß«, sagte sie und lächelte wieder wie zuvor. »Wie schade.«

»Was für ein wunderschönes Kleid«, bemerkte Lorna und meinte es aufrichtig.

Sie ist hübsch, dachte sie später, als die Kinder schon im Bett waren. Sie hatte nicht damit gerechnet, daß June ihr gefallen würde, aber es war unmöglich, sich ihrem guten Aussehen und ihrem Charme zu entziehen. June hatte sich sehr um sie bemüht, hatte ihr gezeigt, wie man den Fernsehapparat einschaltete, wo der Tee und der Kaffee aufbewahrt wurde, hatte ihr gesagt, daß sie sich ganz wie zu Hause fühlen und sich nach Belieben mit Sherry bedienen solle, hatte ihr zuletzt noch einmal überschwenglich für ihr Kommen gedankt. Lorna erkannte freilich nicht, daß ein Teil dieses Überschwangs auf die Erleichterung zurückzuführen war, die June nach dem ersten Schock ihrer Begegnung mit Lorna gespürt hatte.

June und Cecil waren gleich danach aufgebrochen, und Lorna hatte noch eine Weile mit den Kindern gespielt, ihnen dann etwas vorgelesen und sie schließlich zu Bett gebracht, wobei sie wieder einen feuchten Kuß von Barty und ein reserviertes, aber freundliches ›Gute Nacht‹ von Janet empfing. Danach machte sie es sich am offenen Gasfeuer bequem, in dem Sessel, wo Cecil saß, wenn er an seinen Modellen bastelte, und nahm die Atmosphäre seines Heims in sich auf. Lange Zeit dachte sie überhaupt nicht mehr an June.

Gegen elf fiel ihr der junge Mann mit den wasserblauen Augen ein, den sie vor dem Wettbüro gesehen hatte. Sie hatte danach keine Zeit gehabt, Chefinspektor Purdy anzurufen, denn der Rest ihres Tages war sorgfältig verplant und sie ließ sich dabei von nichts und niemandem stören.

Ray überlegte noch einmal das Für und Wider. Die Blondine würde das Geld sicher nicht über das Wochenende im Geschäft lassen, und sie konnte es nirgends sonst in dem Haus verstecken, denn die oberen Etagen gehörten zwei Anwaltsbüros. Sie würde es also entweder mit nach Hause nehmen oder in den Nachtsafe bringen; er brauchte ihr lediglich zu folgen und auf einen günstigen Augenblick zu warten. Sicherlich rechnete sie nicht mit einem Überfall – es war vermutlich ganz einfach.

Er wartete, trieb sich im Finstern in der Nähe des Wettbüros herum, sah das Mädchen herauskommen, das ihn bedient hatte. Zehn Minuten danach kam auch die ältere Frau aus dem Geschäft; sie hatte eine große Tasche in der Hand.

Ray folgte ihr.

Es ging über den Buttermarket, die Manor Road entlang und von dort aus in die Chester Street. Das war nicht der Weg zur Bushaltestelle; kein Zweifel, sie ging zur Midland Bank, die gleich um die Ecke war. Er mußte sie überfallen – jetzt oder nie.

Er konnte nicht stehenbleiben und sich mitten auf der Straße den Strumpf über das Gesicht ziehen. Also zog er sich die Mütze tief in die Stirn und nahm die Waffe aus der Tasche, die er für diesen Zweck vorbereitet hatte: einen Stein, der in einer Wollsocke steckte. Joyce hatte keine Ahnung, wer oder was sie zu Boden schlug. Sie sank lautlos in sich zusammen; Ray packte die Tasche und war auch schon verschwunden, rannte durch eine kleine Seitenstraße und verlangsamte seine Schritte erst, als er eine einsame Gegend eine Meile vom Tatort entfernt erreicht hatte. Dann öffnete er, schwer atmend, die große Tasche.

Da war er auch schon: ein fest verschlossener Lederbeutel, wie bei den anderen. Er stopfte ihn in die Innentasche seines Anoraks, der davon stark ausgebeult wurde. In der großen Tasche befand sich außerdem eine kleinere Handtasche; er öffnete sie und schaute hinein. Unter allem möglichem Zeug fand er eine pralle Geldbörse; sie enthielt mindestens dreißig Pfund, die er ebenfalls einsteckte. Dann warf er die große Tasche und die Handtasche über eine Mauer und ging in normalem Tempo zu seinem Wagen, den er in der Nähe geparkt hatte.

Der Bürgermeister empfing die Gäste am Ende der Treppe, die in den großen Saal im ersten Stock führte. Die Bürgermeisterin, eine fette Frau im Purpurkleid, stand neben ihm.

June war ein wenig eingeschüchtert. Schließlich nahmen Cecil und sie zum erstenmal an einem so großen gesellschaftlichen Ereignis teil. Aber ein Blick auf die Versammelten ließ ihr Selbstbewußtsein rasch wieder erstehen. Fast alle anwesenden Frauen waren doppelt so alt wie sie und die meisten obendrein auch noch dreimal so dick; sie selbst hatte noch nie so gut ausgesehen wie an diesem Abend, und auf diesem Gebiet brauchte sie keine Konkurrenz zu fürchten.

Es war ein unangenehmer Augenblick gewesen, als sie Lorna erkannte, doch dann erfuhr sie mit angenehmer Überraschung, daß auch Lorna den Italienischkurs aufgegeben hatte – was June ein wenig wunderte, denn sie hatte zunächst einen überaus eifrigen Eindruck gemacht. Doch sie war sicherlich das, was Cecil von ihr gesagt hatte: eine hervorragende Babysitterin.

Cecil fühlte sich ebenfalls eingeschüchtert; sie beide waren froh, daß sie in Begleitung des Bibliotheksleiters und dessen Frau hergekommen waren. Aber Cecil hatte auf einen Blick festgestellt, daß es keine Frau gab, die June auch nur im entferntesten gleichkam. June war fast zu schön, dachte er in einem Augenblick des Unbehagens, als der Bibliotheksleiter sie zum Tanzen aufforderte.

June, die in Mr. Gregsons respektvollem Griff den Raum umrundete, schaute über seine Schulter und sah sich nach Peter Guthrie um, von dem sie wußte, daß er kommen würde. Sie hatten darüber gesprochen, nachdem er sie nach dem Lunch ein bißchen herumgefahren hatte. Natürlich hatte er in einer stillen Straße angehalten, hatte seine Hand auf ihren Schenkel gelegt, sie auf die Lippen geküßt und dann vorgeschlagen, daß sie in ein Motel in der Nähe fahren könnten.

June, die sich plötzlich ihrer Macht voll bewußt war, hatte seine Hand weggeschoben, hatte sich von ihm zurückgezogen und dann einfach gefragt: »Warum?«

»Weil Sie eine Frau sind, und ich bin ein Mann«, hatte Guthrie geantwortet, ein Zitat aus einem seiner Romane.

June hatte ein Kichern unterdrücken müssen.

»Nein«, hatte sie gesagt.

»Warum nicht – wegen ihrem Mann?« hatte Guthrie gefragt, noch immer der Romanheld.

»Wie kommen Sie eigentlich auf den Gedanken, ich könnte ja sagen?«

»Weil es gut wäre für uns beide«, hatte Guthrie geantwortet.

Das klang geradezu klinisch. Und außerdem war er viel zu alt. Sie kam nicht einmal in Versuchung. Ted brauchte sie nur anzufassen, und sie hatte das Gefühl, sich in Nichts aufzulösen; aber bei Guthrie fühlte sie gar nichts dergleichen, höchstens einen schwer zu unterdrückenden Lachreiz. Hielt er sie wirklich für eine Frau, die leicht zu erobern war? Nun, für Ted war sie das sogar gewesen – aber das war eben etwas ganz anderes.

Dennoch hatte sie nicht die Absicht, ihn ganz fallenzulassen; noch ein paar Mittagessen wie heute waren ihr durchaus willkommen, und obendrein konnte sie viel von ihm lernen, auch ohne sich verführen zu lassen. Sie brauchte ihm nur noch eine Weile die Hoffnung nicht zu zerstören und sich erst ganz von ihm loszumachen, wenn er ihr lästig wurde. Außerdem konnte sie durch ihn andere Leute kennenlernen.

»Aber ich kenne Sie ja kaum«, hatte sie gesagt.

»Das können wir rasch ändern.«

Alter Trottel, hatte June gedacht.

Cecil wußte bereits, daß sie sich bei der Hochzeit kennengelernt hatten, also brauchten sie keine Komödie zu spielen.

Als Mr. Gregson sie nach dem Tanz zurückbrachte an den Tisch, kam Peter Guthrie zu ihnen herüber. Er kannte die Gregsons und begrüßte sie freundlich, aber sein Blick war die ganze Zeit nur auf June gerichtet.

Glaubt er wirklich, daß er mich gewinnt? fragte sich June. Der wird sich noch wundern. Schließlich kommt es ganz allein auf mich an.

Superintendent Whitchurch kam ziemlich spät zum Ball und ohne zuvor zu Abend gegessen zu haben. Seine Frau und seine Freunde, die Hodges, sprachen gerade mit Bryan und Susan Vigors.

»Was hat Sie denn so lange aufgehalten?« fragte Vigors.

»Eine Frau ist überfallen worden«, sagte Whitchurch. »Lag schwer verletzt auf dem Gehsteig in der Chester Street.«

»Wie schrecklich!« rief Mrs. Hodge. »Wer ist sie denn?«

»Das wissen wir noch nicht. Ihre Handtasche ist verschwunden, vermutlich geraubt. Wir erfahren erst mehr über sie, wenn die Vermißtenanzeige eingeht. Purdy hat den Fall übernommen.«

»Haben Sie die Frau schon gesehen?«

»Sie ist momentan im Operationssaal.«

»Schlimm, wie?« fragte Dr. Hodge.

»Sehr schlimm. Schwere Schädelfraktur – sie ist in einem kritischen Zustand.«

»Das setzt Ihnen sicher einen Dämpfer auf für den Abend«, sagte Vigors.

»Zumindest hat es mich um mein Abendessen gebracht«, erwiderte Whitchurch. »Ich bin am Verhungern. Hoffentlich gibt es hier etwas zu knabbern.«

Vigors brachte ihn zum kalten Büffet, wo sich der Kriminalbeamte an der Lachsmajonäse gütlich hielt.

»Wird die Frau sterben, Dan?«

»Das kann man nicht sagen. Hoffentlich nicht.«

»Scheußlich«, sagte Vigors. »Wenn man sich vorstellt, daß so etwas seiner eigenen Frau passiert. Sind Sie sicher, daß es ein Raubüberfall war?«

»Es gibt nichts, was auf ein anderes Verbrechen hinweisen würde.«

»Hm. Vigors schaute düster drein.

»Es war übrigens nicht weit von der Bank entfernt, wo im Oktober ein älterer Mann überfallen wurde«, sagte Whitchurch. »Und danach der Besitzer des Teegeschäfts. Vielleicht besteht zwischen den drei Taten ein Zusammenhang.«

»Sie würden wohl lieber an diesem Fall arbeiten als hier herumzustehen, wie?« fragte Vigors.

»Da haben Sie recht«, antwortete Whitchurch. »Aber Purdy kommt gut damit zurecht. Es ist nicht richtig, wenn ich ihm ständig über die Schultern schaue. Er weiß ja, wo er mich im Notfall erreichen kann.«

»Da ist mir mein Beruf schon lieber«, sagte der Zahnarzt.

Als Whitchurch genug gegessen hatte, kehrte er in den Ballsaal zurück und kam an dem Tisch vorbei, wo Cecil mit Audrey Guthrie saß. Cecil leistete Audrey Gesellschaft, nachdem ihr Mann sie stehengelassen hatte. Sie kam häufig in die Bibliothek und arbeitete im Auftrag ihres Mannes. Und wie Guthrie war auch sie Patientin bei Vigors. Daher blieb der Zahnarzt stehen, um sie zu begrüßen. Cecil erkannte den bärtigen Mann, sie waren einander schon gelegentlich auf der Straße begegnet, wenn der Zahnarzt aus der Praxis kam und in seinen Volvo stieg.

»Ihre Miss Gibson ist heute abend bei mir Babysitter«, sagte Cecil jetzt.

»Du meine Güte – tatsächlich?« Vigors war verblüfft. Er und Susan hatten nie daran gedacht, eine von den Angestellten um diese Gefälligkeit zu bitten.

»Ein nettes Mädchen«, sagte Cecil.

Vigors war so überrascht, daß er es sofort Susan erzählte und sie dann zu Cecil und Audrey herüberbrachte. Guthrie und June, die den meisten Teil des Abends miteinander verbrachten, waren ebenfalls an den Tisch zurückgekehrt, und June bestätigte ihrem Mann, daß Lorna ihrer Ansicht nach eine hervorragende Babysitterin sei.

»Die Kinder haben sie gern«, sagte sie.

»Ich kenne das Mädchen kaum«, warf Susan Vigors ein. »Bryan hat sie mir bisher vorenthalten. Nicht, Bryan?«

16

Lorna saß am Feuer und döste. Der Sherry hatte sie müde gemacht. Sie hatte zuvor das ganze Haus besichtigt: das Gästezimmer, das ziemlich spartanisch wirkte, und das Wohnzimmer, das offensichtlich wenig benützt wurde, mit seinen grauen Wänden und den Wandlampen aus Messing, die zwei gute Canaletto-Drucke beleuchteten.

Sie versuchte sich vorzustellen, daß sie hier wohnte; Cecil konnte jeden Augenblick zurückkommen, allein. Sie würde ihm Tee machen und mit ihm die Ereignisse des Tages besprechen. Es war kein unmöglicher Traum: Vielleicht würde June ihn eines Tages verlassen: dann brauchte er jemanden, der sich um ihn und die Kinder kümmerte.

Was er wohl tun würde, wenn er die Wahrheit erfuhr? June hatte das hier alles gar nicht verdient – die Kinder, das Haus, die Sicherheit, vor allem Cecil. Aber wenn sie ging, würde es einsam werden in dem schönen Haus.

Es war schon halb zwei, als June und Cecil vom Ball nach Hause kamen. Cecil hatte Lorna gesagt, sie solle die Sperrkette einhängen. Er würde zweimal kurz läuten. Aber sie hatte längst den Wagen gehört und stand schon an der Tür.

June kam als erste herein, lachend, mit gerötetem Gesicht; eine Locke, die sich aus ihrer kunstvollen Frisur gelöst hatte, vor den Augen. Cecil folgte ihr und verriegelte automatisch die Tür.

»Ich fürchte, wir sind schrecklich spät dran, Lorna. Sie sind bestimmt schon sehr müde«, sagte June.

»O nein«, erwiderte Lorna. »Mir geht es gut.« Es entsprach der Wahrheit. »Und die Kinder waren so brav – kein Ton, seit ich sie ins Bett gebracht habe.«

»Sie wollen jetzt sicher nach Hause.«

Sie wollte nicht, aber sie mußte wohl. Cecil sah müde aus, und jeder Augenblick, um den sie ihr Vergnügen verlängerte, würde ihn noch müder machen. Außerdem hatte er bestimmt das Bedürfnis, bei June zu sein; wenn man die beiden betrachtete, war das gar keine Frage.

»Ich hole meinen Mantel«, sagte Lorna.

»Oh, Cecil, sei so gut und mach mir den Reißverschluß auf, bevor du gehst«, sagte June und lächelte, als sie sich umdrehte und Cecil den Reißverschluß des Kleides bis untenhin öffnete. Einen Augenblick verweilte seine Hand auf ihrem nackten Rücken, dann sagte er jedoch nur: »Das wär's, Schatz«, und zu Lorna: »Gehen wir?«

Die Straßen waren wie ausgestorben, nur ein Streifenwagen kam ihnen entgegen, als sie sich dem Stadtzentrum näherten.

»Gestern abend ist eine Frau in der Chester Street niedergeschlagen worden«, sagte Cecil. »Sie sollten vorsichtig sein, Lorna, und nicht allzuviel mit Ihrem Fahrrad durch einsame Straßen fahren.«

»Auf meinem Fahrrad bin ich sicherer als zu Fuß«, sagte sie, aber sie war rot geworden. Er machte sich doch nicht etwa Sorgen um sie?

An der Tür drückte er ihr eine Pfundnote in die Hand.

»Ich möchte das nicht, wirklich nicht«, sagte sie. »Es war mir eine Freude.«

»Wenn Sie es nicht annehmen, wagen wir es nicht mehr, Sie noch einmal zu belästigen«, sagte Cecil.

»Na schön. Danke«, erwiderte Cecil und fuhr davon, ehe sie ihre Haustür aufgesperrt hatte.

Er konnte es kaum erwarten, zu June nach Hause zu kommen.

Ein Krankenwärter erkannte Joyce, als sie nach einer Notoperation zurückgefahren wurde in die Intensivstation.

»Sind Sie sicher?« fragte die Stationsschwester.

»Vollkommen«, antwortete der Mann. »Sie ist früher gelegentlich mit Blumen hergekommen; jetzt allerdings fährt ein jüngeres Mädchen die Bestellungen aus.

Die Polizeibeamtin, die man im Krankenhaus gelassen hatte, damit sie mit der Station in Verbindung blieb, rief ihre Dienststelle an, und bald war Chefinspektor Purdy an Ort und Stelle. Er brachte eine von den beiden Misses Beauchamp mit, weil ihm niemand anders zur Identifikation eingefallen war. Die Geschäfte lagen ja direkt nebeneinander, und die Frauen mußten sich zumindest vom Sehen kennen. Miss Olga sagte, sie kenne Mrs. Watson recht gut, und sie wußte auch, daß sie vorgehabt hatte, zum Ball ins Rathaus zu gehen.

»Doch sicher nicht allein?« fragte Purdy. »Wo ist denn ihr Mann?«

»Sie ist geschieden«, erklärte Miss Beauchamp. »Aber sie hat – äh – einen Freund.«

»Hm. Warum hat der sich denn nicht gerührt, als sie nicht aufgetaucht ist?«

»Das ist seltsam, ja.« Insgeheim dachte Miss Beauchamp, daß das irreguläre Verhältnis zwischen beiden der Grund sein mochte. Aber das ging sie nichts an. Und sie war zutiefst erschüttert beim Anblick der armen Joyce, deren Kopf in dicken Bandagen gewickelt war, und die mit wächsernem Gesicht auf dem Bett lag. Sie hatte immer einen so starken, lebenskräftigen Eindruck gemacht, und jetzt sah sie so jämmerlich aus.

Purdy brachte Miss Beauchamp nach Hause und fuhr danach zum Rathaus, um Superintendent Whitchurch zu sprechen. Whitchurch war nur zu froh, einen Vorwand gefunden zu haben, um den Ball zu verlassen und Purdy bei der Jagd nach dem Verbrecher zu helfen.

Ray fuhr hinaus aufs Land, ehe er den Geldsack öffnete. Er war widerstandsfähig wie die anderen, und Ray mußte das Schloß aufsprengen, wie zuvor. In dem Beutel befanden sich über siebenhundert Pfund Bargeld und dazu eine Menge Schecks. Mit denen konnte er freilich nichts anfangen. Er steckte die Schecks wieder in den Beutel, warf ihn über eine Hecke und fuhr dann zurück in die Stadt. Dort ging er, hungrig nach seinem Unternehmen, in ein Schnellrestaurant und aß Buletten mit Kartoffelchips. Danach ging er ins Kino. Er sah sich gern nach der Arbeit einen Film an; dabei konnte er sich gut entspannen.

Er dachte nur ein einzigesmal flüchtig an das Opfer; sie würde sich bestimmt bald erholt haben, wie die anderen, und sich nicht daran erinnern, wie er aussah.

17

Die Polizei kam in Joyce Watsons Bungalow, ohne die Tür aufbrechen zu müssen, denn die Nachbarin hatte einen Schlüssel. Ein unfrankierter Brief lag auf der Matte.

Whitchurch öffnete ihn, zeigte ihn dann Purdy.

»Manche von uns Männern sind gemeine Hunde«, sagte er dazu.

Der Brief trug die Unterschrift ›Jack‹ und verkündete in kurzen, dürren Worten, daß der Schreiber glaube, es sei besser, wenn er und Joyce sich nicht mehr sehen würden. Er sei versetzt worden in den Norden und würde auch seinen Wohnort dorthin verlegen; tut mir leid, und vielen Dank für alles.

»Was für ein Schuft«, sagte Purdy. »Vielleicht war er sogar der Mann, der sie niedergeschlagen hat.«

»Nun ja – er kannte ihre Gewohnheiten und wußte wohl auch, was sie mit ihren Wochenendeinnahmen machte. Aber ich glaube eher, daß die Tat mit den beiden anderen Raubüberfällen in Zusammenhang steht. Trotzdem – wir müssen diesen Jack finden. Hören Sie sich mal in der Gegend um und stellen Sie fest, was man über ihn weiß, Bob. Er muß ein häufiger Besucher gewesen sein. Vielleicht erfahren Sie, was er für einen Wagen fährt – vielleicht sogar seinen Familiennamen.«

»Aber Jack kann doch auch die beiden anderen Raubüberfälle begangen haben«, sagte Purdy.

»Miss Gibson meint, daß der Täter ein junger Bursche gewesen ist.«

»Das sagt noch gar nichts. Vielleicht hat Mrs. Watson eine Vorliebe für junge Burschen.«

»Sie kann von Glück sagen, wenn sie überhaupt noch irgendwelche Vorlieben haben kann«, knurrte Whitchurch. »Außerdem – wenn dieser Jack etwas mit der Sache zu tun gehabt hat – glauben Sie, er würde dann hier praktisch auch noch seine Visitenkarte abliefern? Vielleicht, um uns die Arbeit zu erleichtern?«

Purdy mußte dem Superintendent recht geben. Er horchte sich danach bei den Nachbarn um und erfuhr dabei eine ganze Menge. Jack war um die Fünfzig und ziemlich dick, sagte die eine Nachbarin, von der sie den Schlüssel hatten. Es wundere sie gar nicht, daß er abgehauen sei; sie habe die arme Joyce oft genug gewarnt, daß dieser Mann nichts tauge, aber Joyce habe sich nicht davon abbringen lassen, er würde sich eines Tages von seiner Frau scheiden lassen und sie heiraten. Die Nachbarin meinte, er wolle nur alles im Leben mitnehmen, was er bekommen könne, und keinerlei Verantwortung dafür tragen.

»Joyce hat hier ein hübsches Haus. Er konnte jederzeit kommen und gehen, ganz wie er wollte. Er ist Handelsvertreter für eine Eisenwarenfima. Sein Familienname ist Hughes.«

Purdy ging zurück zum Bungalow von Mrs. Watson und berichtete seinem Vorgesetzten, was er erfahren hatte. Whitchurch konnte bei seiner Hausdurchsuchung nichts von Bedeutung entdecken.

»Es gibt mehrere Angestellte im Blumengeschäft«, sagte Purdy. »Wenn man der Nachbarin Glauben schenken kann, hält Mrs. Watson besonders viel von der einen – einer gewissen June Titmuss. Sie arbeitet nur halbtags, ist aber angeblich als Floristin ausgebildet und sehr tüchtig. Sie wohnt irgendwo in der Stadt.«

»Aha. Nun, dann sollten wir uns mal mit ihr unterhalten. Sie weiß bestimmt, was Mrs. Watson mit den Tageseinnahmen zu tun pflegt. Versuchen Sie es einfach mit dem Telefonbuch, Bob. Es kann nicht viele Leute mit einem so ausgefallenen Namen geben.«

Cecil kam nach dem dritten Freizeichen an den Apparat. Purdy fragte ihn am Telefon nur, ob Mrs. Titmuss bei der Blumenhandlung ›Floradora‹ arbeite.

»Gut. Ich schaue gleich anschließend bei Ihnen vorbei«, sagte Purdy, nachdem Cecil seine Frage bejaht hatte.

Es war erst neun Uhr morgens. Janet und Barty wachten zur üblichen Zeit auf, aber die Eltern waren nach der langen Nacht alles andere als munter. June hatte noch ihren Morgenmantel an, als die Polizei anrief.

»Steh auf und zieh dich an, Schatz«, sagte Cecil. »So kannst du doch nicht mit der Polizei sprechen.«

Cecil machte sich Sorgen; irgend etwas mußte passiert sein, und es stand im Zusammenhang mit June. Na, vielleicht hatte sie sich eine Verkehrsübertretung zuschulden kommen lassen.

Auch June war bedrückt von dem Gedanken. Sie konnte sich nicht vorstellen, weshalb die Polizei sie sprechen wollte, aber wegen der Sache mit Ted hatte sie kein reines Gewissen. Es war besser, sich anzuziehen und etwas Lippenstift aufzulegen – für alle Fälle.

Als der Streifenwagen vor dem Haus anhielt, kam June in einer schwarzen Hose und einem knappsitzenden schwarzen Pullover die Treppe herunter.

»Ein richtiger Schlaganfall, diese Mrs. Titmuss«, sagte Purdys Fahrer danach zu seinen Kollegen im Revier.

Junes Gespräch mit dem Chefinspektor dauerte nicht lange. Purdy teilte ihr mit, daß Joyce überfallen worden war, und fragte sie dann, was Mrs. Watson normalerweise mit den Tageseinnahmen zu tun pflegte. June sagte, das sei verschieden; manchmal nehme sie das Geld mit nach Hause, manchmal gebe sie es auch in den Nachtsafe bei der Bank. Am Samstag habe sie vermutlich den Nachtsafe benützt, denn sie wollte zu dem Ball gehen. Erst jetzt wurde June bewußt, daß sie Joyce gar nicht auf dem Ball getroffen hatte; sie hatte sich so gut mit allen möglichen Leuten amüsiert, daß sie gar keine Zeit gefunden hatte, sich nach ihr umzusehen.

»Tracy Brown kann Ihnen vermutlich sagen, was Joyce gestern mit dem Geld gemacht hat. Sie arbeitet ganztags in dem Geschäft«, sagte June.

Sie kannte Tracys Adresse, und Purdy schrieb sie auf.

»Können wir irgend etwas tun? Ihnen irgendwie helfen?« fragte Cecil.

»Nein, ich fürchte nicht. Jetzt liegt alles in der Hand der Ärzte«, entgegnete Purdy.

Cecil hatte die Kinder hinausgescheucht, aber als sich der Polizist verabschiedet hatte, drängten sie wieder herein, um zu erfahren, weshalb er hiergewesen sei.

»Mrs. Watson ist bei einem Unfall verletzt worden«, sagte June.

»June!« warnte Cecil und warf einen bedeutungsvollen Blick auf die Kinder.

»Ach was, Cecil, sie können es ruhig wissen. Menschen werden nun einmal verletzt, und Kinder müssen das frühzeitig erfahren«, sagte June.

»Ist sie überfahren worden?« fragte Barty.

»Nein. Ein böser Mann hat sie auf den Kopf geschlagen«, erklärte June. »Jetzt weißt du, warum du nicht mit fremden Leuten gehen oder auch nur reden darfst.«

Vielleicht sollte er jetzt gleich abhauen, dachte Ray, und viele Meilen zwischen sich und Felsbury legen. Er hatte eine Menge Geld, genug, um damit eine Weile gut auszukommen. Aber die Polizei würde nicht locker lassen und nach dem Mann forschen, der die Frau überfallen hatte. Wenn Ray ohne Vorbereitung einfach verschwand, würde er sich verdächtig machen. Es war besser, ein paar Tage zu warten, bis sich die erste Aufregung gelegt hatte. So konnte er bei Crawley kündigen und seinen Eltern Bescheid geben. Auf diese Weise würde sich niemand fragen, ob er nicht aus einem anderen Grund verschwunden sei. Außerdem war da ja auch noch Mrs. Malmesbury.

In ihrer Wohnung gab es manches, was ihn interessierte; er hatte einen großen Ring an ihrem Finger gesehen; ein Brillant, nahm er an; und vermutlich hatte sie noch einiges in dieser Art in ihrer Schmuckschatulle. Er würde nachts hingehen – im Bett würde sie ja wohl keinen Schmuck tragen.

Sonntage waren immer langweilig. Wenn er auf ein Mädchen scharf wäre, hätte er sich erst danach umsehen müssen; jetzt, wo er mit Brenda Schluß gemacht hatte. Brenda hatte einen neuen Freund; seine Mutter hatte es ihm erzählt, in vorwurfsvollem Ton.

»Du hättest dich mit ihr versöhnen sollen. Brenda ist wirklich ein nettes Mädchen«, hatte Mrs. Brett gesagt.

»Von der Sorte gibt es viele«, hatte Ray geantwortet.

Bis zum Mittagessen saß er in der Wohnung herum und las die Zeitung. Nachmittags fuhr er nach Bristol, wo man eher ein geeignetes Mädchen aufreißen konnte als hier. Und er würde für alle Fälle den Wagen eine Weile dort stehenlassen, denn es war immer denkbar, daß der Hillman irgendeinem Trottel aufgefallen war – in der Nähe der Stelle, wo man Joyce Watson gefunden hatte.

18

»Bitte ausspülen«, sagte Vigors.

Der Patient spuckte in das Becken neben dem Sessel. Bevor er weitermachte, warf Vigors einen verärgerten Blick über den Kopf des Mannes hinweg auf Lorna, die am Schreibtisch saß und völlig geistesabwesend gegen die Wand starrte. Er hatte zuvor schon gemerkt, daß sie heute sehr unaufmerksam war. Nancy war unterwegs, um einige wichtige Besorgungen zu machen, und inzwischen mußte Lorna in der Praxis helfen. Dabei war sie in letzter Zeit weniger unnahbar und umgänglicher mit den Patienten gewesen; Vigors hatte geglaubt, sie habe einen Teil ihrer Hemmungen überwunden; aber heute war sie zu nichts zu gebrauchen. Sie hatte einmal eine falsche Füllung zusammengemischt und sogar eine Schale fallengelassen.

Der Patient ging, und ehe der nächste hereinkam, fragte Vigors, ob Lorna sich nicht wohl fühle.

»Nein, mir geht es recht gut«, sagte Lorna.

»Dann nehmen Sie sich bitte ein bißchen zusammen. Sie sind ja meilenweit weg mit Ihren Gedanken.«

»Entschuldigen Sie, Mr. Vigors«, antwortete Lorna.

Sie wollte, Nancy käme zurück, so daß sie hinüberkonnte in ihr Büro, um nachzudenken. Nancy hatte ihr von dem Überfall auf Joyce Watson berichtet, die im Krankenhaus lag und sich in einem kritischen Zustand befand. Seitdem ging es Lorna immer wieder im Kopf herum, daß sie am Samstagabend den jungen Mann wiedergesehen hatte, der über Mr. Beauchamp hergefallen war, und daß sie nichts unternommen hatte. Hätte sie die Polizei benachrichtigt, wäre Joyce vielleicht davongekommen. Denn es mußte derselbe Mann gewesen sein, der auch die Blumenhändlerin überfallen hatte. Und sie, Lorna, hatte ihn gestern sogar noch einmal gesehen – jedenfalls fiel ihr das danach ein. Nämlich, als sie von ihrer sonntäglichen Radtour zurückgekommen war.

Wenn Joyce Watson starb, so war das Lornas Schuld.

Bis zur Mittagspause hatte sie sich noch immer nicht bei der Polizei gemeldet. Nancy blieb im Büro und aß einen Schokoladeriegel und einen Erdbeerjoghurt dazu – eine Diät, bei deren Anblick sich Lorna der Magen umdrehte.

»Da sieht man wieder, daß niemand sicher ist«, sagte Nancy. »Du solltest auch vorsichtiger sein, Lorna. Schließlich bist du ganz allein in dem Haus. Und unter dir das Farbenlager – stell dir vor, wenn das einmal zu brennen anfängt!«

Lorna hatte noch nie darüber nachgedacht.

»Ach was, wer soll mir schon was antun wollen. Und es wird schon nicht brennen.«

Nancy hätte durchaus einen Grund gewußt, weshalb man Lorna etwas antun könnte, doch sie behielt ihre Weisheit lieber für sich. »Ich möchte wissen, ob sie durchkommt«, sagte sie statt dessen. »Schrecklich, sich vorzustellen, daß sie jetzt im Krankenhaus liegt, mit schweren Schädelverletzungen. Ich hab' sie oft in dem Geschäft gesehen. Du nicht?«

»Die blonde Frau?«

»Ja. Ob die Polizei wohl herausfindet, wer es getan hat?«

»Hoffentlich«, sagte Lorna.

Nach der Arbeit fuhr sie bei der Polizei vorbei und fragte nach Chefinspektor Purdy. Er war außer Haus.

»Wann kommt er zurück?«

»Das kann ich nicht sagen. Worum geht es denn, Miss?« fragte der wachhabende Sergeant.

Es war zu kompliziert, als daß sie es einem Fremden erklären konnte.

»Wie – wie geht es Mrs. Watson?« fragte Lorna statt dessen. »Können Sie mir das sagen? Die Frau, die am Samstagabend überfallen wurde.«

»Noch bewußtlos«, erklärte der Sergeant. »Warum – ist sie mit Ihnen befreundet?«

»Nein – nein, das nicht. Ich wollte es nur wissen«, sagte Lorna. »Es ist nicht so wichtig.«

Sie wandte sich um zum Gehen, als sich hinter dem Pult des Sergeanten die Tür öffnete und ein älterer Mann herauskam.

»Ist Chefinspektor Purdy noch nicht zurück?« fragte er.

»Nein, Sir. Die junge Dame hier hat auch eben nach ihm gefragt. Sie wollte wissen, wie es Mrs. Watson geht.«

Der Superintendent betrachtete Lorna sehr eingehend. Sie hatten sich noch nicht kennengelernt, aber Purdy hatte sie ihm beschrieben, und außerdem hatte Whitchurch ihr Foto in der Zeitung gesehen.

»Miss Gibson, nicht wahr?«

»Ja. Ich – äh –«

»Kommen Sie doch mit und sagen Sie mir, was Sie bedrückt«, erklärte der Superintendent freundlich.

Ray hatte den Wagen in einem Parkhochhaus in Bristol stehengelassen und war am Sonntagabend mit dem Zug zurückgefahren, nach einem verlorenen Tag, wie er fand.

Sobald die fette Blondine aus dem Krankenhaus entlassen war, würde er den Wagen wieder abholen. In dem meist überfüllten Parkhaus würde er niemandem auffallen; Ray würde einfach so tun, als habe er den Parkschein verloren, damit niemand wußte, wie lange der Wagen dortgestanden hatte.

Es war lästig, mit dem Zug zurückzufahren. Er mußte in Didcot umsteigen und hatte einen langen Aufenthalt. Im Bummelzug, der ihn nach Felsbury brachte, saß er zwei jungen Mädchen gegenüber, die ihn schon auf dem Bahnhof in Didcot mit Neugier betrachtet hatten. Die eine hatte lange, schlanke Beine und wedelte ein bißchen viel beim Reden mit den Händen in der Luft herum, außerdem sprach sie mit einer affektierten Stimme; alles wegen Ray, wie er annahm. Das andere Mädchen war dick und ein bißchen fleckig im Gesicht – sie gefiel ihm ganz und gar nicht. In Felsbury stiegen sie beide aus, und er schlenderte ihnen nach, wartete, um zu sehen, wohin sie gingen. Sie trennten sich bei der Bushaltestelle an der Ecke City Road, und die Langbeinige warf ihre Mähne in den Nacken, schaute sich kurz um, um sich zu vergewissern, daß Ray noch da war, ging dann zu Fuß weiter, während ihre Freundin auf den Bus wartete.

Ray folgte ihr. Er wußte, daß wie willig war, schließlich hatte sie es ihm so deutlich wie möglich zu verstehen gegeben. Er überlegte sich, wohin sie gehen könnten, denn die Nacht war kalt.

Aber es gab notfalls immer die Friar's Alley, wo nur Leute hinkamen, die dasselbe vorhatten wie er. Schließlich war er oft genug mit Brenda dortgewesen.

»Sie glauben, es war derselbe Mann am Samstagabend?« fragte Whitchurch.

»Zweifellos.«

Whitchurch untersagte es sich, Lorna darauf hinzuweisen, daß sie es eigentlich gleich hätte mitteilen müssen.

»Und danach habe ich ihn noch einmal gesehen. Ich glaube es jedenfalls. Allerdings bin ich in diesem Fall nicht ganz sicher.«

»Wann?«

Purdy hatte recht, was diese Miss Gibson betraf. Sie war weiß Gott eine introvertierte Person. Whitchurch, in seiner ungeduldigen Art, hätte sie am liebsten heftiger angepackt, aber er wußte, daß ihm das gar nichts einbringen würde. Also wartete er.

»Gestern. Ich bin mit dem Rad durch die Gegend gefahren. Es muß nicht weit von Diddington gewesen sein – wo die Straße die große Kurve macht, etwa vier Meilen außerhalb von Felsbury.«

»Weiter.«

»Ein Wagen fuhr vorbei. Ich mußte warten, ehe ich die Straße überqueren konnte. Der Mann, der den Wagen fuhr – es ist möglich, daß es derselbe war. Ich nehme es zumindest an.«

»Hm – und was war das für ein Wagen?«

»Ich weiß es nicht. Ein kleiner... blau«, sagte Lorna.

»Die Nummer haben Sie sich nicht gemerkt?«

»Nein. Es ist mir erst später bewußt geworden... Außerdem hatte ich keine Ahnung, was mit Mrs. Watson passiert ist. Hätte ich –«

Sie brach ab.

Immerhin ein Anhaltspunkt, dachte Whitchurch. Er ließ sich die Stelle auf der Landstraße zeigen. Der Wagen sei von Felsbury gekommen, sagte sie, und in Richtung Bristol weitergefahren. Als sie das geklärt hatten, betrat Purdy das Büro seines Vorgesetzten, und Whitchurch schickte Lorna mit Purdy ins Archiv, wo sie sich die Fotos aller möglichen Autotypen ansehen sollte, in der Hoffnung, sie würde die Marke wiedererkennen, die der Mann gefahren hatte.

Aber es gelang ihr nicht. Sie ließen Lorna schließlich gehen, wenn auch nicht ohne die Ermahnung, sie solle sich bei zukünftigen Wahrnehmungen eher melden.

»Es ist besser, einen Fehler zu machen, und sogar besser, wenn wir einen Unschuldigen verhören, als wenn noch jemand überfallen wird«, sagte Purdy todernst.

»Ja, ich weiß. Das war es auch gar nicht. Aber ich hatte zu tun«, entschuldigte sich Lorna. »Es tut mir aufrichtig leid.«

»Komisches Frauenzimmer«, sagte Whitchurch, als sie gegangen war.

»Hm. Aber sie redet wenigstens nicht, solange sie nicht ihrer Sache völlig sicher ist«, erwiderte Purdy. »Immerhin ein Vorteil.«

Der Montag war für Ray ausgesprochen ruhig verlaufen. Er fuhr die Bestellungen aus und hörte sich die gutgemeinten Scherzchen der Frauen an, die die Lieferungen für die Kunden zusammenstellten. Er hörte, wie sie über den Überfall auf die Besitzerin vom ›Floradora‹ sprachen; offenbar lag sie noch im Krankenhaus.

»Schrecklich«, sagte Ray, und zu Rene, der älteren und fetteren von den beiden Frauen, die schon seit Jahren bei Crawley arbeiteten: »Seien Sie bloß vorsichtig, wenn Sie abends nach Hause gehen, oder lassen Sie sich von mir heimbringen.«

»Mit Ihnen, Ray, ist man erst recht nicht sicher«, erwiderte Rene. »Sie sind doch hinter allen Frauen her.«

Alle lachten, und Ray dachte: wenn die wüßten…

Der Sonntagabend war noch recht nett zu Ende gegangen. Er und das Mädchen aus dem Zug waren durch die Dunstable Mews in Richtung Friars Alley gegangen, und dort in einem der Hinterhöfe, hatte er den großen Humber entdeckt. Er war alt, aber gepflegt, und hatte einen breiten, weich gepolsterten Rücksitz. Besser als draußen in der Kälte, hatte Ray gedacht. Der Wagen war nicht abgesperrt. Und das Mädchen war beileibe kein Reinfall gewesen. Er hatte sich allerdings nicht mit ihr verabredet, wollte es dem Zufall überlassen. Sie arbeitete bei Woolworth, so daß er sie jederzeit wiedersehen konnte, wenn er Lust dazu hatte. Aber er plante ja, Felsbury in ein paar Tagen den Rücken zu kehren. Nachdem er die Sache bei Mrs. Malmesbury erledigt hatte.

»Alle drei Opfer kamen aus einer Gegend«, sagte Superintendent Whitchurch. »Das Teegeschäft und der Blumenladen sind in derselben Straße, und das Pub ist gleich um die Ecke. Was sagt Ihnen das?«

»Daß der Kerl auch in der Gegend wohnt oder arbeitet«, antwortete Purdy. »Vielleicht ist er ein Mann mit einer Wettleidenschaft. Lorna Gibson hat ihn am Samstag vor dem Wettbüro gesehen.«

»Es sieht allerdings nicht so aus, als habe er einen festen Beruf«, sagte Whitchurch. »Und die Nachfragen haben nichts ergeben, auch nicht, als wir sein Bild nach der Beschreibung dieser Miss Gibson angefertigt und herumgezeigt haben.«

»Nein. Die Erkundigungen wurden allerdings auf Ihren Wunsch mehr unter der Hand durchgeführt, ein bißchen vage.«

»Hm – ich glaube, das Bild ist jetzt verbessert worden; schließlich hat die Gibson ihn ja noch zweimal gesehen. Nehmen Sie es mit ins Wettbüro, Bob, und fragen Sie, ob er zu ihren regelmäßigen Kunden gehört. Vielleicht fragen Sie auch ein wenig nachdrücklicher als beim erstenmal.«

»Aber wir können erst morgen früh damit beginnen, Sir«, sagte Purdy. »Heute ist schon alles geschlossen.«

»Ja, natürlich.« Whitchurch trommelte mit den Fingern auf die Schreibtischplatte. »Diese Gibson – schade, daß wir nicht mehr über den Wagen aus ihr herausgebracht haben. Ich hätte gern gewußt, wo der Kerl hingefahren ist. Vielleicht ist er uns entwischt.«

»Und wenn ich mit ihr ein bißchen herumfahre und ihr richtige Autos zeige?« schlug Purdy vor. »Vielleicht auf Parkplätzen. Möglicherweise erinnert sie sich dann doch.«

»Es kann nicht schaden; schlimmstenfalls verschwenden Sie damit nur Ihre Zeit. Schicken Sie doch einfach einen Constable mit ihr herum.«

»Nein, das würde nicht viel nützen. Sie ist eine schwierige Person. Ich glaube, zu mir hat sie ein bißchen Vertrauen«, sagte Purdy. »Bei einem Constable, den sie nicht kennt, ist sie vermutlich schweigsam wie ein Grab. Erst recht, wenn es sich um einen jüngeren Mann handelt.«

»Sie haben wohl ein bißchen psychologisiert über unsere Miss Gibson, wie?«

»Das kann man sagen«, erwiderte Purdy.

»Na ja, momentan gibt es ohnehin nicht viel, was wir tun können«, erklärte Whitchurch. Zugleich klopfte jemand an die Tür. Ein Constable betrat das Büro.

»Das Krankenhaus hat angerufen, Sir«, sagte er. »Mrs. Watson ist vor fünf Minuten gestorben, ohne das Bewußtsein wiedererlangt zu haben.«

»Purdy, besorgen sie sich die Gibson«, brüllte Whitchurch. »Zeigen Sie ihr jeden Wagen in ganz Felsbury. Aber bringen Sie heraus, was für ein Auto der Kerl fährt. Das ist unsere einzige Spur.«

»Wenn überhaupt«, sagte Purdy.

19

Purdy fuhr mit Lorna fast eine Stunde lang in der Stadt umher. Sie kamen am Parkplatz neben dem Rathaus vorbei und gingen zu Fuß durch die Reihen parkender Autos, deren Besitzer den Montagabend im Kino, in einem Pub oder sonstwo verbrachten. Sie blieben auf Seitenstraßen stehen und betrachteten von dort aus den Verkehr auf den Hauptstraßen.

»Jetzt ist es dunkel. Damals war es hell«, sagte Lorna. »Tut mir leid, daß ich so dumm bin. Aber ich habe keine Ahnung von Automarken. Er war klein und blau; das ist alles, was ich mit Sicherheit behaupten kann.«

Volkswagen hatten sie bereits ausgeschlossen. Lorna war sicher, daß sie einen Volkswagen erkannt hätte.

»Nein, keiner von den Wagen, die wir bisher gesehen haben, hat mich an den bewußten blauen Wagen erinnert«, sagte sie.

Purdy ging mit ihr in ein Pub und bestellte ohne zu fragen einen Whisky mit Ginger Ale für Lorna.

»Vergessen Sie für ein paar Minuten die Autos«, sagte er. »Wir sprechen von etwas anderem und versuchen es danach noch einmal. Seit wann wohnen Sie hier in Felsbury?«

Sie trank den Whisky und sagte es ihm. Nach und nach erfuhr er ein wenig über ihre Kindheit und ihre Jugendzeit.

»Sie haben also keine Familie?«

»Nein, oh, nicht daß mir etwas fehlte, im Gegenteil, ich bin ganz froh darüber«, sagte Lorna. »Ich habe ein paar nette Freunde hier. Erst neulich war ich abends bei der Familie Titmuss – er ist der stellvertretende Leiter der Bibliothek. Und ich kenne Audrey und Peter Guthrie, den Schriftsteller.« Es war nicht gelogen. Mrs. Guthrie hatte Lorna bei ihren Radtouren in Diddington getroffen und zum Essen eingeladen. Und Audrey Guthrie war einer der wenigen Menschen, zu denen Lorna Kontakt gefunden hatte.

Armer Teufel, dachte Purdy voller Mitleid. Er ließ sich nicht täuschen. Dieses Mädchen war einsam auf den Tod.

Als sie das Pub verließen, gingen sie ein paar Schritte um den Block, und Purdy brachte Lorna zu den Schaufenstern des größten Autohändlers von Felsbury. Im Fenster stand ein blauer Hillman Imp. Es gab noch mehrere kleinere Wagen, aber die beachtete sie überhaupt nicht.

»Da ist er! Das ist der Wagen!« schrie sie und deutete auf den Imp.

Danach brachte Purdy sie nach Hause.

Gegen Mitternacht ging ein Funkspruch an alle Polizeistreifen im Land, sämtliche Fahrer blauer Hillman Imps anzuhalten und nach ihrem Aufenthalt am Abend des vergangenen Samstags zu befragen. Purdy mußte auf der Fahrt in seine Junggesellenwohnung an zwei Beobachtungen denken, die er in Lornas Wohnung gemacht hatte. Das eine waren die Zeitungsschnitzel mit ausgeschnittenen Buchstaben in Lornas Papierkorb, das andere der Herrenpullover, der unter ihrem Kissen lag.

Und er fragte sich, ob der Fahrer des Hillman Imp sie vielleicht erkannt hatte, als er an ihr vorübergefahren war.

Ray erfuhr die Nachricht von Joyce Watsons Tod, als er am Dienstagmorgen in den Lebensmittelladen kam. Rene, Madge und Mr. Crawley sprachen von nichts anderem.

»Hängen ist noch zu gut für den Kerl, der das getan hat«, sagte Madge, und ihr sonst so gütiges, fettes Gesicht war zorngerötet.

»Nanu, Ray, du bist ja ganz blaß«, sagte Rene. »Es ist aber auch schrecklich, nicht?«

In den Spätausgaben der Morgenzeitung hatte ein kleiner Bericht gestanden, außerdem war es im Radio gemeldet worden.

»Die erwischen den doch nie«, erklärte Ray. »Der ist jetzt bestimmt schon über alle Berge.«

»Vielleicht«, sagte Madge.

Sie konnte nicht länger darüber reden; das Telefon klingelte, und der erste Kunde kam in den Laden. Ray ging hinaus zum Wagen und begann mit der Arbeit.

Mrs. Malmesbury war dienstags meistens außer Haus. Er konnte in ihre Wohnung gehen, nachdem sie weggefahren war. Aber dann hatte sie ja die wertvollen Ringe an den Fingern. Außerdem konnte man ihn bei Tageslicht beobachten. Nein, er mußte warten, bis es finster war.

Er brachte ihr die Lieferung wie üblich. Sie sah besser aus und hatte ein hellblaues Kleid an, das die Farbe ihrer Augen verstärkte. Um den Hals trug sie eine Perlenkette, wie man sie bei Woolworth sah, aber Ray hätte wetten mögen, daß es echte Perlen waren. Die wollte er auch haben. Er mußte nur die Ruhe bewahren. Es gab nichts, was ihn mit Mrs. Watson in Verbindung bringen konnte.

Er hatte das Autoradio eingeschaltet und sang laut, während er dahinfuhr.

Nach der Arbeit am Dienstag ging Lorna hinüber zum Haus ›The Linden‹. Der Tag in der Praxis war in gedrückter Stimmung verstrichen; selbst Nancy zeigte sich schweigsam angesichts des Mordes, der sich in ihrer unmittelbaren Umgebung ereignet hatte. Lorna dagegen arbeitete in eisiger Isolation. Sie erwähnte mit keinem Wort, daß sie den Wagen erkannt hatte, und in den Ein-Uhr-Nachrichten war nichts von dem Mann erwähnt worden, den sie Mr. Purdy geschildert hatte. Sie nahm an, die Personenbeschreibung würde erst in den Abendzeitungen erscheinen.

June öffnete die Tür.

»Ich bin nur vorbeigekommen, weil ich Ihnen sagen wollte, wie leid mir das mit Mrs. Watson tut«, sagte Lorna tastend. »Was wird jetzt aus dem Geschäft?«

»Wir führen es vorläufig weiter. Wir waren heute morgen dort und mußten feststellen, daß die Lieferanten eine ganze Ladung Blumen einfach vor der Tür stehengelassen haben. Joyce kam meistens ganz früh, um sie in Empfang zu nehmen.«

»Sie brauchen sie also nicht selbst abzuholen?«

»Nein. Die Großhändler besorgen sie uns entsprechend unseren Aufträgen. Aber jetzt, wo Joyce tot ist, wird das Geschäft doch früher oder später schließen müssen.«

»Ich verstehe.«

»Kommen Sie doch einen Augenblick rein«, sagte June. Sie war entsetzt über den Tod von Joyce und glücklich darüber, daß sie mit einem erwachsenen Menschen sprechen konnte. »Sie hat meines

Wissens einen Sohn in Neuseeland. Er wird entscheiden, was aus dem Geschäft wird«, fügte sie hinzu.

Lorna trat dankbar in das Haus. Cecil würde bald heimkommen. Wenn es ihr gelang, den Besuch etwas auszudehnen, bekam sie ihn noch zu Gesicht. Es war noch zu früh für Junes wöchentliche Verabredung – würde sie heute abend überhaupt hingehen? Vielleicht verbot es ihr Cecil, angesichts eines Mörders, der frei auf den Straßen von Felsbury herumlief.

Die Kinder begrüßten sie mit großer Freude. Barty zeigte ihr die Krippenszene, die er in der Schule gezeichnet hatte, mit einem Jumbo-Jet über dem Stall von Bethlehem. Er lehnte sich an Lorna, während sie sein Meisterwerk bewunderte, und danach umarmte sie ihn. Janet hatte an diesem Tag etwas über die Gewohnheiten der Honigbiene gelernt und beschrieb ihr neu erworbenes Wissen in peinlich genauen Details.

»Die Kinder müssen jetzt zu Abend essen«, sagte June. »Ich gehe danach zum Italienischkurs. Schade, daß Sie aufgehört haben.«

»Ja.«

Wie brachte June das bloß fertig? Wie konnte sie so gemein lügen? Schließlich, nachdem sie beim Tischdecken geholfen hatte, verlor Lorna die Geduld und sagte, sie müsse jetzt gehen.

»Kommen Sie gern jederzeit vorbei«, sagte June. Sie wollte mit Lorna in Kontakt bleiben. Sie hatte sich schon alles mögliche überlegt. Wenn der Mann aus Neuseeland das Geschäft weiterführen wollte, würde man noch eine zweite Angestellte brauchen – ein Mädchen wie Lorna, vernünftig und zuverlässig.

Cecil kam nach Hause, als June mit Lorna zur Tür ging.

»Lorna war hier, um mir ihr Mitgefühl zum Tod von Joyce auszudrücken. Ich finde das nett von ihr«, sagte June.

»Sehr aufmerksam«, bestätigte Cecil. Er sah müde aus.

Er will mich nicht sehen, dachte Lorna. Er möchte allein sein mit June. Allein mit seiner Familie. Ich bin ihnen nur im Weg.

»Wenn ich irgend etwas tun kann – helfen...« Ihre Stimme erstarb.

»Niemand kann da noch helfen«, sagte Cecil düster.

Er hat recht, dachte Lorna; es war zu spät für Joyce, aber nicht zu spät, um Cecil zu retten.

20

Man fand eine große Ledertasche in einem Garten hinter dem Schlachthaus. Sie enthielt eine Damenhandtasche und Papiere, die bewiesen, daß die Tasche Joyce Watson gehört hatte. Es gab mehrere Sorten Fingerabdrücke darauf, die meisten ziemlich verwischt, nur die von Mrs. Watson und dem Mann, der sie gefunden hatte, waren deutlich zu erkennen. Und noch eine weitere Serie.

»Das ist wenigstens etwas, womit wir arbeiten können«, sagte Purdy und betrachtete die noch nicht identifizierten Abdrücke. »Leider sind sie nicht in unserer Kartei.«

»Und die Umfrage in den Läden hat nichts ergeben.«

»Nein.« Aber bis dahin hatte man bewußt noch nicht mit dem Fahndungsbild des mutmaßlichen Täters gearbeitet. Die Polizei wollte nicht in diesem Stadium ihre Karten auf den Tisch legen.

»Hm. Also müssen wir jetzt mit dem Identikit-Foto weitermachen. Lassen Sie es übers Fernsehen und die Presse veröffentlichen,« sagte der Superintendent.

»In Ordnung, Sir.« Jetzt ging es endlich voran. »Unsere Zentrale wird noch verrückt mit den vielen Anrufen über blaue Hillman Imps«, sagte Purdy. »Man hat sie in ganz Großbritannien gesichtet.«

»Gut.«

»Wir befragen auch die hiesigen Garagen und Reparaturwerkstätten«, fügte Purdy hinzu. »Obwohl ich bezweifle, daß der Kerl seinen Wagen regelmäßig zum Kundendienst bringt.«

»Vorausgesetzt, es ist überhaupt sein Wagen, nicht irgendein geklauter«, sagte Whitchurch.

*

Der Dienstag war ein turbulenter Tag für Charlie. Er hatte seinen Terminplan mit Reparaturen bereits voll, als man ihm noch einen Wagen mit einer gebrochenen Hinterachse brachte, der möglichst bald repariert werden mußte. Wenn er Ted doch noch dazu überredete, mit ihm zusammenzuarbeiten, würden sie es gemeinsam bald geschafft haben. Ein, zwei Jahre, dann waren sie über den Berg. Ted war ein Genie, was Motoren betraf; zu schade, daß er obendrein diese Leidenschaft hatte, ständig in der Gegend herumzukutschieren. Na ja, es würde ihm schon gelingen, Ted zu überreden. Zunächst mußte Charlie sich nach einem Mann umsehen, der Teds Fahrten übernehmen konnte, vielleicht einen älteren Mann, der lieber in einem komfortablen Auto sitzen als in einer zugigen Garage stehen wollte.

Über all diese Dinge dachte Charlie nach, als ihn ein Polizeibeamter besuchte und fragte, ob er in letzter Zeit Reparaturen an einem blauen Hillman Imp ausgeführt habe.

Er hatte in den letzten Wochen keinen Hillman in der Garage gehabt, und den einen mit dem Motorschaden hatte er vergessen – das lag schon ein oder zwei Monate zurück. Erst später, als er schon im Bett war, fiel es ihm wieder ein. Natürlich – das war doch der Wagen von dem jungen Burschen, der mit Fünfpfundnoten bezahlt hatte. Ted konnte der Polizei sicher mehr sagen, denn er hatte die Rechnung kassiert und den Wagen dann seinem Besitzer übergeben.

Aber das hatte Zeit bis zum nächsten Morgen.

Als Ray an diesem Dienstagabend spät nach Hause kam, wartete seine Mutter auf ihn. Er hatte Beverly, das Mädchen von Woolworth, gesucht, aber als er zu dem Kaufhaus kam, war dort schon geschlossen. Er hoffte, er würde sie vielleicht in einem der Cafés in der Nähe treffen, aber auch hier hatte er Pech. Schließlich saß er mit einem anderen Mädchen in der hintersten Reihe im Kino, mit einem Mädchen, das sagte, es sei siebzehn, aussah, als sei es fünfundzwanzig, und in Wirklichkeit erst fünfzehn war. Nach einer halben

Stunde im Park gingen sie in den Klub, und dort verließ er sie gegen Mitternacht.

Seine Mutter hatte ihren Morgenmantel aus purpurfarbener Wolle an. Ihr Haar war aufgedreht und von einem dichten Haarnetz bedeckt. Ihre Augen, wasserblau wie die von Ray, waren groß und sorgenvoll.

»Hallo, Mama. Was tust du denn noch auf?« fragte Ray. »Ist Vater nicht zu Hause?«

Seine Mutter legte den Zeigefinger auf die Lippen.

»Er ist im Bett. Als ich hörte, daß du kommst, habe ich gesagt, ich muß noch auf die Toilette«, flüsterte sie. »Ray du mußt verschwinden.«

»Verschwinden? Warum? Was soll das heißen?«

»Du hast es doch getan, oder? Diese Frau. Im Fernsehen hat man dein Bild gezeigt. Du bist es gewesen, Ray.«

»Komm schon, Mama. Das ist doch ein Witz«, sagte Ray.

Er versuchte zu lachen, aber sein Magen krampfte sich zusammen.

»Die Polizei sucht im Zusammenhang mit den Ermittlungen bei dem Mord an der Blumenhändlerin einen jungen Mann. So heißt es«, zitierte seine Mutter. »Und dazu haben sie dein Bild gezeigt, Ray. So ein Identikit-Foto, oder wie das heißt – du weißt schon.«

»Dann sind sie eben auf der falschen Spur. Ich habe nichts getan«, begann Ray.

Seine Mutter ging zur Kommode und öffnete die oberste Schublade. Sie nahm ein Bündel Geldscheine heraus. Sein Geld.

»Ich habe es in deinem Zimmer gefunden, Ray. Unter den Dielen. Du mußt verschwinden, solange noch Zeit dazu ist. Und bevor dich jemand anders wiedererkennt. Zum Glück kam das Bild erst zu den Spätnachrichten.«

Er wußte, was sie meinte. Wenn seine Brüder es gesehen hätten, hätten sie bestimmt geschrien: ›Das ist doch Ray.‹

»Hat Vater es gesehen?«

»Er ist über der Zeitung eingeschlafen. Ich hab' dir eine Tasche mit dem Nötigsten gepackt, auch ein paar Brote. Mach schon.« In

Mrs. Bretts Augen standen die Tränen.

»Ich wollte sie nicht totschlagen, Mama«, sagte Ray, und einen Augenblick lang verzerrte sich sein Gesicht wie das eines kleinen Jungen, der etwas angestellt hat.

»Das weiß ich doch, Dummkopf«, sagte Mrs. Brett. »Es war ein Unglücksfall.« Sie zog seinen Kopf zu sich her und küßte Ray auf die Wangen. »Jetzt geh schon«, sagte sie.

Er blieb nur noch so lange, um sich die Tasche geben zu lassen, die sie ihm gepackt hatte: mit seinem Geld und den Broten. Dann schlich er leise davon.

Mrs. Malmesbury hörte ein leises Geräusch. Sie schlief nicht sehr tief, und seit dem Tod Edgars noch weniger als sonst, lag oft stundenlang wach, um über die Vergangenheit nachzudenken.

Seit ihrer Krankheit war ihre Widerstandskraft gebrochen. Heute morgen war sie nur eine Stunde mit Ted durch Felsbury gefahren und hatte ihm gesagt, sie wolle die wöchentlichen Fahrten über den Winter aufgeben. Sie würde sich statt dessen von Fall zu Fall an ihn wenden, vielleicht wenn ein guter Film lief, oder wenn sie einmal einen Tag bei Hesther auf dem Land verbringen wollte. Sie würde sich aber in Zukunft ganz nach Teds Terminen richten und ihn nicht jeden Dienstag beanspruchen. Ted hatte ihr gesagt, daß er möglicherweise demnächst eine Garage und Tankstelle mit seinem Freund Charlie betreiben werde, aber natürlich immer noch Zeit habe, sie zu fahren.

Da war es wieder: ein leises Geräusch aus dem Wohnzimmer. Mrs. Malmesbury, die nie feige gewesen war, rief laut: »Wer da?«

Ray, der gerade das Silberzeug und die Medaillen des seligen Colonels Malmesbury in seine große Reißverschlußtasche stopfte, fluchte leise. Er hatte sich zwar die Strumpfmaske über das Gesicht gezogen, aber seine Stimme verriet ihn, als er Mrs. Malmesburys Schlafzimmer betrat. Sie saß aufgerichtet im Bett, die Nachttischlampe brannte, und hatte sich einen Schal um die Schultern gelegt.

»Bleiben Sie im Bett, dann passiert Ihnen nichts«, sagte Ray.

»Ray Brett!« Schock, nicht Angst lag in ihrer Stimme.

Ray bückte sich und riß den Telefonanschluß aus der Wand.

»Wo sind die Ringe?« fuhr er sie dann an.

Unwillkürlich warf sie einen Blick auf ihre Frisierkommode. Ray ging hin. Ihre Ringe befanden sich in einem Lederfutteral, zusammen mit der Perlenkette, einem Paar Ohrringen mit roten Steinen, vermutlich Rubinen, und ein paar Broschen. Er schüttete den Inhalt des Futterals in seine Tasche und ging dann wieder hinaus ins Wohnzimmer. Mrs. Malmesbury hörte, wie er drüben herumrumorte.

Sie versuchte aufzustehen. Als er zurückkam, stand sie schwankend am Fuß des Bettes.

»Setzen Sie sich in den Stuhl«, sagte er.

Sie sah aus wie eine alte Krähe in einem langen Nachthemd, das ganz ähnlich war wie das seiner Mutter.

»Ich – ich kann nicht«, versuchte sie zu sagen, denn sie fürchtete, sie würde es ohne ihren Stock nicht schaffen. Aber Soldatenwitwe, die sie war, dachte sie nicht daran, diesen Halunken und Dieb um seine Hilfe zu bitten. Zitternd schaffte sie es endlich und ließ sich mit leisem Stöhnen auf den Sessel fallen.

Ray hatte in der Küche eine Wäscheleine gefunden. Damit band er die alte Frau sorgfältig an den Sessel.

»Es – es ist kalt«, sagte sie mit schwankender Stimme, und fragte sich zugleich, warum sie eigentlich nicht laut um Hilfe schrie. Aber sie wußte, warum: Es wäre so unwürdig gewesen.

Als hätte er ihre Gedanken erraten, kramte Ray in den Schubladen und zog schließlich eine Handvoll Schals heraus. Einen davon band er ihr fest um den Kopf und durch den Mund; er schnitt in das Fleisch der Lippen ein. Dann ging er zur Tür. Dort angekommen, schaute er sich noch einmal um. Sah, daß die alte Frau zitterte. Ging zurück zum Bett, nahm die Daunendecke und drapierte sie um die Gestalt auf dem Sessel. Dann ging er hinaus, schloß leise die Tür.

Als Ray nach unten schlich, sah er vom Treppenhausfenster aus zwei Polizeibeamte, die vor dem Apartmenthaus standen und sich unterhielten.

Also kehrte er schnurstracks in Mrs. Malmesburys Wohnung zurück. Ohne das Licht einzuschalten, ging er zum Fenster; die Polizisten standen immer noch unten, und ein Streifenwagen fuhr langsam durch die Straße.

Hier würden sie bestimmt nicht nach ihm suchen. Niemand wußte, daß er einen Schlüssel zu der Wohnung besaß. Hier war er sicher, und die Alte war nicht in der Lage, Alarm zu schlagen. Seine Mutter kam erst am nächsten Freitag wieder her; also konnte er erst einmal hier untertauchen und warten, wie sich die Dinge entwickelten.

Er ging ins Schlafzimmer, um nach seiner Gefangenen zu schauen. Das Licht am Nachttisch brannte noch immer; das war ein Fehler, denn jemand schöpfte vielleicht Verdacht, wenn bei Mrs. Malmesbury noch so spät in der Nacht Licht brannte. Ehe er es ausknipste, fiel sein Blick auf Mrs. Malmesburys Augen; aber er erkannte nicht den Ausdruck, mit dem sie ihn betrachteten. Die alte Frau schaute den Burschen voller Mitleid an – ein Gefühl, das ihm völlig fremd war.

Irgendwie brachte er es nicht fertig, sich auf dem Bett auszustrekken, während die Alte neben ihm gefesselt auf dem Sessel saß. Aber es gab ja ein zweites Schlafzimmer, und Ray ging hinüber, schlug die Decke zurück und nahm sie dann mit ins Wohnzimmer, wo er sich auf das Sofa legte. Danach fiel ihm ein, daß er sich einen Drink machen konnte; den hatte er wirklich verdient. Er wußte, daß die Alte genügend Alkohol im Haus hatte, denn er hatte die Flaschen gesehen.

Im Sideboard stand eine Flasche Kognak. Ray brachte die Flasche mit zum Sofa, streckte sich und trank einen großen Schluck.

Bald danach war er eingeschlafen.

21

Lorna hatte die Zeitungsberichte über Joyce Watsons Tod genau studiert. Die Blumenhändlerin war mit einem schweren Gegenstand auf den Kopf geschlagen worden, der ihr den Schädel zerschmettert hatte. Vielleicht mit einem Knüppel, dachte sie. Womit schlug man Menschen auf den Kopf? Es hieß doch immer: ein stumpfer, schwerer Gegenstand.

So mußte man es machen: dann dachte die Polizei, es gehöre auch zu der Serie von Überfällen, und man hielt den jungen Mann mit den wasserblauen Augen für den Täter. Noch dazu, wo er sich jetzt einen Mord hatte zuschulden kommen lassen.

Lorna überraschte Nancy, als sie erklärte, sie würde mittags weggehen und ein paar Besorgungen machen. Vor allem, als sie ohne Paket zurückkam. Nancy betrachtete ihre Kollegin mit Sorge. Lorna hatte dunkle Ringe unter den Augen und war bleicher als sonst.

»Geht es dir nicht gut, Lorna?« fragte sie. »Du siehst ein bißchen erschöpft aus.«

»Mir geht es hervorragend – danke.«

Nancy gab ihr einen freundschaftlichen Klaps auf die Schulter, und Lorna zuckte wider Erwarten nicht zurück.

»Komm doch am Samstag mit uns, Lorna. Joe bringt seinen Freund Norman mit; wenn der dabei ist, gibt es immer was zu lachen. Es tut dir bestimmt gut.«

Am Samstag würde alles vorüber sein. Sie mußte es heute nacht tun.

Abgesehen von seiner Mutter brachte zunächst niemand Ray mit den Bildern im Fernsehen und in der Zeitung in Verbindung. Als er freilich nicht zur Arbeit kam, änderte sich das schlagartig. Aber selbst dann brauchten Mr. Crawley, Rene und Madge noch einige Zeit, um zwei und zwei zu addieren.

»Schauen wir doch noch mal das Bild in der Zeitung genauer an«, schlug Rene vor, und sie breiteten den *Express* auf der Theke aus.

»Er sieht ihm ähnlich«, sagte Crawley. »Sogar sehr ähnlich.«

»Aber Ray war so ein netter Bursche«, entgegnete Rene. »Und immer lustig.«

Madge, die mit Mrs. Brett befreundet war, sagte gar nichts.

Schließlich rief Mr. Crawley bei der Polizei an.

»Sollen die es doch entscheiden«, hatte er zuvor gesagt. Kriminal-Chefinspektor Purdy war sehr bald an Ort und Stelle und brachte einen Fingerabdruck-Experten mit. Es dauerte nicht lange, bis sie festgestellt hatten, daß die Fingerabdrücke in Crawleys Lieferwagen mit denen auf Mrs. Watsons Tasche übereinstimmten.

»Jetzt ist er wahrscheinlich über alle Berge«, sagte Purdy.

Aber sie fuhren dennoch direkt zur Wohnung der Familie Brett.

Es dauert vielleicht noch lange, bis Ted zurückkommt, dachte Lorna.

Sie stand in der Dunkelheit der Dunstable Mews. Der Hinterhof, wo Ted den großen Wagen abstellte, war leer.

Vielleicht dauert es Stunden, dachte sie, und zitterte. Es nieselte leicht, und sie hatte sich die Kapuze des Anoraks über den Kopf gezogen. Die Hände hatte sie in die Taschen gesteckt. Ein paar Wagen waren vorbeigefahren, aber niemand hatte die schattenhafte Gestalt hinter dem Gittertor entdeckt.

Ted schloß vielleicht das Tor ab, wenn er heimkam, dachte Lorna. Und dabei mußte er sie entdecken.

In diesem Fall würde sie einfach davonrennen. Er würde sich vielleicht wundern, aber sie war bestimmt schnell genug, um ihr Fahrrad zu packen und loszufahren, ehe er sie festhalten konnte.

Nach längerer Pause näherten sich wieder Scheinwerfer über die schmale Straße, und der Humber tauchte aus der Dunkelheit auf, bog in die Einfahrt ein. Ted stieg gleich aus und lief die Treppe hinauf in seine Wohnung. Lorna seufzte. Er würde vermutlich dortbleiben. Es war so kalt und feucht, daß niemand freiwillig von zu Hause wegging.

Sie schlich sich in den Hinterhof, näherte sich dem Wagen. Wenn sie heute keine Gelegenheit bekam, mußte sie es morgen wieder versuchen. Dies war der einzige Weg, wie sie Cecil helfen konnte; June war eben durch niemanden zu ersetzen.

Es begann fester zu regnen. Lorna zögerte, dann versuchte sie, die Tür zum Fond zu öffnen. Sie war nicht verriegelt, und Lorna stieg ein, duckte sich auf den Boden hinter den Vordersitzen.

Kurz danach hörte sie Ted herunterkommen, und ihr Herz begann wie wild zu pochen. Er öffnete die Tür auf der Fahrerseite.

Lornas Finger umklammerten den schweren Hammer, den sie während der Mittagspause gekauft hatte. Sie atmete tief ein, erhob sich auf die Knie und schlug mit dem Hammer auf den Kopf des Mannes ein, der sich gerade hinter dem Lenkrad niedergelassen hatte. Er stöhnte, und die Hupe dröhnte durch die stille Nacht, als der Mann gegen das Lenkrad sank. Lorna hieb mehrmals blindlings auf ihn ein. Ted rutschte zur Seite, und die Hupe verstummte.

Lorna fühlte etwas Feuchtes, Klebriges an ihren Händen.

Ted war bestimmt tot.

Sie kroch aus dem Wagen und lief davon, warf den Hammer noch im Laufen im hohen Bogen von sich.

In den frühen Morgenstunden des Mittwochs entdeckte man einen blauen Hillman Imp unter den wenigen Fahrzeugen, die um diese Zeit noch in dem Parkhaus in Bristol standen. Auf dem Boden des Wagens befand sich ein verwelkter Chrysanthemenstock, und als die Polizei den Kofferraum öffnete, entdeckte sie einen ledernen Geldbeutel, dessen Verschluß aufgesprengt war.

»Anscheinend hat er unsere Gegend verlassen«, sagte Purdy später am Vormittag.

»Sieht so aus«, bestätigte Superintendent Whitchurch.

»Vielleicht sitzt er schon an Bord eines Schiffes«, bemerkte Purdy.

Sein Gespräch mit Mrs. Brett war alles andere als ein Vergnügen gewesen. Die Frau hatte abgestritten, den Aufenthalt ihres Sohnes zu kennen; sie hatten sein Zimmer sehr sorgfältig durchsucht und eine lose Diele unter dem Bett entdeckt. Doch der Hohlraum darunter war leer gewesen.

Am Abend fuhr Purdy zu Lorna, um ihr mitzuteilen, daß man den Mann identifiziert hatte, und daß der Wagen gefunden sei. Da Lorna kein Fernsehgerät besaß, hatte sie vermutlich den Verlauf der Ereignisse nicht verfolgen können. Aber Purdy läutete umsonst bei Lorna Gibson. Er versuchte es ein zweitesmal, dann gab er auf.

Ted vermochte sich unter größter Anstrengung aus dem Wagen zu schleppen und über den Hof auf die Treppe zuzukriechen. Blut lief ihm über den Kopf, und seine Beine knickten immer wieder ein. Er wußte nicht, wie lange er bewußtlos gewesen war. Aber er kroch die Treppe nach oben. Er mußte telefonieren, brauchte Hilfe.

Er zog sich am Treppengeländer hoch. Es regnete, und die Treppen waren naß und schlüpfrig. Er war fast oben, streckte die Hand schon nach der Türklinke aus, als sein Fuß abglitt; er verlor das Gleichgewicht und taumelte rückwärts, konnte sich nicht mehr halten, schlug schwer auf die Steintreppen und blieb unten mit ausgebreiteten Armen und Beinen liegen.

Es regnete in Strömen, und Ted bewegte sich nicht mehr.

Ray nahm Mrs. Malmesburys kleines Kofferradio am Mittwochmorgen mit in die Küche und hörte die Nachrichten, während er sich Schinken mit Eiern briet. Der Sprecher sagte, daß Ray Brett, zwanzig Jahre alt, dringend von der Polizei gesucht werde, da man ihn als Zeugen bei der Aufklärung des Raubüberfalls auf Mrs. Joyce Watson benötige. Man nehme an, daß der blaue Hillman Imp, den man in Bristol entdeckt hatte, mit dem Verbrechen in Verbindung stehe.

Er fand es aufregend, seinen Namen am Radio zu hören.

Aber er würde davonkommen, ohne daß sie ihn schnappten. Zunächst würde er sich das Haar schwarz färben. Dann würde ihn niemand erkennen. Allerdings wagte er es nicht, zur Drogerie zu gehen, und die Alte hatte kein Haarfärbemittel hier. Aber es gab etwas in der Wohnung, was ihm als vorläufiger Ersatz dienen konnte: schwarze Schuhcreme, die Mrs. Malmesbury bei Crawley gekauft hatte. Er mußte es damit versuchen. Schließlich hatte er den ganzen Tag Zeit dazu.

Danach goß er eine Tasse Tee für Mrs. Malmesbury ein, nahm sie zusammen mit zwei Keksen hinüber ins Schlafzimmer. Er stand neben ihr, nachdem er den Schal kurz entfernt hatte, und fütterte sie wie ein Kind mit den Keksen, hielt die Tasse an ihre Lippen. Während der ganzen Zeit waren ihre Augen auf ihn gerichtet, und sie zeigten wieder jenen seltsamen Ausdruck wie am Abend zuvor, den er nicht verstand. Sie verschüttete ein wenig von dem Tee und hatte Mühe, die Kekse zu kauen.

Ihre Zeitung fiel durch den Briefschlitz, und vor der Tür stand eine Flasche Milch.

Zum Mittagessen öffnete Ray eine Dose Rinderbraten und eine Dose Pfirsiche zum Nachtisch. Er gab der Alten noch einmal Tee mit Keksen. Als er den Schal losgebunden hatte, bat sie ihn, auf die Toilette gehen zu dürfen. Sie schien Mühe beim Sprechen zu haben.

Gegen seinen Willen erlaubte er es ihr, und sie verlangte nach ihrem Stock. Er bewaffnete sich mit dem Feuereisen vom offenen Kamin und befahl ihr, die Toilettentür offenzulassen.

Danach kam sie zurück ins Schlafzimmer und schlang die Decke um sich, ehe er sie wieder auf dem Sessel festband. Sie sprach kein Wort mehr mit Ray.

Am Nachmittag sah Ray die Pferderennen im Fernsehen. Hier drinnen war es warm und gemütlich; er hatte keine Angst. Er würde es schaffen. Außerdem suchten sie jetzt vermutlich in Bristol nach ihm.

Als das Rennen zu Ende war, versuchte er, sich das Haar mit der Schuhcreme schwarz zu färben. Es war eine unangenehme Sache; er drückte die Creme erst auf die Bürste und arbeitete sie dann ins Haar ein. Das Ergebnis war nicht hundertprozentig, aber es mußte fürs erste reichen. Um zehn Uhr abends verließ er das Apartment. Er wollte nicht zu spät auf den Straßen sein. Und er wollte einen Wagen klauen.

Vielleicht stand einer unversperrt vor einem Pub... Doch dann erinnerte er sich an den Humber, der in einem Hinterhof an den Dunstable Mews gestanden hatte.

Er war wieder an derselben Stelle wie am Sonntagabend, und der Zündschlüssel steckte. Ray fuhr rückwärts aus dem Hof und bog dann in Richtung London ein.

Das Blut war überall: auf dem Anorak, am Arm, sogar im Gesicht. Lorna starrte voll Entsetzen in den Spiegel. Sie zog den Anorak aus und stopfte ihn in eine Papiertüte. Ihre andere Kleidung steckte sie in einen Wäschereisack. Danach nahm sie ein Bad. Als sie damit fertig war, war es elf Uhr durch; dennoch ging sie noch in den Waschsalon; sie würde sich nicht sauber fühlen, ehe sie nicht die letzten Blutspuren von ihrem Körper und ihren Kleidungsstücken entfernt hatte.

Der Waschsalon war bis Mitternacht geöffnet. Sie saß da, allein mit Ausnahme einer alten, fetten Frau und sah zu, wie ihre Sachen in der Maschine durcheinandergewirbelt wurden. Was nun geschehen würde, hatte sie bisher gar nicht bedacht. Ihr war es nur um eines gegangen, und das hatte sie hinter sich gebracht. Cecils Glück war gerettet.

Als sie nach Hause kam, war ihr Haar durchnäßt vom Regen; da sie ihren Anorak nicht anhatte, war auch ihr Pullover klatschnaß. Sie rieb sich das Haar mit einem Handtuch trocken und zog sich aus. Danach legte sie sich ins Bett, drückte Cecils alten Pullover an sich, wie Barty seine Giraffe, und wartete auf Schlaf.

Seltsamerweise schlief sie fast unmittelbar danach ein; sie hatte die beste Nacht seit Wochen.

Am nächsten Morgen kamen aus ganz England Berichte, daß Ray hier oder dort aufgetaucht sei. Und man mußte jeder Spur folgen; vielleicht war eine davon die richtige.

Um neun Uhr vormittags rief eine Mrs. Ford aus Diddington bei der Polizei von Felsbury an. Sie machte sich Sorgen, weil sie schon mehrmals versucht hatte, ihre Freundin Mrs. Malmesbury telefonisch zu erreichen, der Anschluß aber seit dem vergangenen Abend ständig belegt sei.

»Warum ruft sie dann nicht die Störungsstelle an?« fragte der Wachhabende. »Das Telefon ist bestimmt kaputt. Sagen Sie ihr das.«

»Sie hat schon dort angerufen. Aber sie macht sich Sorgen. Mrs. Malmesbury ist eine alte Frau und war erst vor kurzem krank«, sagte der Constable, der den Anruf entgegengenommen hatte.

»Na schön. Sagen Sie ihr, wir schicken jemanden hin«, erklärte der Sergeant.

Der Milchmann fand Ted Jessop.

Der Leichnam lag am Fuß der Steintreppe, und nachdem der Milchmann den ersten Schock überwunden hatte, ging er hinauf, um zu prüfen, ob die Haustür verschlossen war. Er sah auf den ersten Blick, daß Ted tot war, also rief er gleich die Polizei an. Für den Krankenwagen war es zweifellos zu spät. Er wartete in seinem Lieferwagen, bis die Polizei eintraf.

Purdy und sein Sergeant folgten dem Streifenwagen, der als erster die Dunstable Mews erreichte. Es hatte aufgehört zu regnen, aber überall standen große Pfützen auf dem Pflaster. Teds Regenmantel aus Gabardine und seine dunkle Hose waren völlig durchnäßt.

»Wer ist der Mann?« fragte Purdy den Milchmann.

»Ted Jessop. Er hat einen Mietwagen«, antwortete der Milchmann.

»Ich kannte ihn, Sir«, sagte einer der Constabler. »Ein netter Kerl. Und hochanständig.«

»Hm«, sagte Purdy. »Na schön. Schafft ihn weg.«

Er ging hinauf in Teds Zimmer, während unten die Routinearbeiten der Polizei begannen. Alles sehr sauber, aber spartanisch. Es gab so gut wie keinen Komfort. Ein paar Bücher auf einem Regal, Taschenbücher und Lehrbücher über die Mechanik der Verbrennungsmotoren. Neben dem Telefon lag ein Terminkalender. Für den Abend war eine Fahrt zum Bahnhof eingetragen. Purdy blätterte die Seiten durch und stellte fest, daß jeden Dienstag die Zeit zwischen Viertel vor sieben und halb zehn Uhr abends ausgestrichen war.

»Hm«, sagte Purdy wieder und las weiter. »Nanu – Mrs. Malmesbury am Dienstagvormittag um elf – hier – und hier – woher kenne ich bloß den Namen?«

»Wir wurden angerufen, kurz bevor wir hierhergefahren sind, Sir«, sagte sein Sergeant. »Jemand meinte, das Telefon von Mrs. Malmesbury sei kaputt.«

Purdy nickte. Er öffnete die Tischschublade. Drinnen fand er ein Notizbuch, ein Bündel Banküberweisungsformulare, Rechnungsvordrucke und einfache Briefumschläge. Und daneben einen blaugelben Seidenschal.

Mittlerweile war der Gerichtsarzt eingetroffen, und Purdy ging hinunter auf den Hof, ließ den Schal dort, wo er war. Die Treppen waren sehr rutschig.

»Schläge auf den Hinterkopf«, sagte der Arzt. »Der Regen hat das Blut abgewaschen. Aber die Schläge waren nicht tödlich. Der Mann hat sich danach das Genick gebrochen. Mehr kann ich nicht sagen, bis wir ihn obduziert haben.«

Purdy drehte sich bei den nüchternen Sätzen insgeheim der Magen um. Sicher, in seinem Beruf mußte man sich an so etwas gewöhnen, aber es war wichtig, daß man das Gefühl für das Leben nicht ganz unterdrückte. Immerhin, Dr. Hodge war ein Mensch mit Gefühlen, wenn er sich auch manchmal in einer so barbarischen Weise ausdrückte.

»Wo ist eigentlich der Wagen des Toten?« fragte Purdy plötzlich. Er drehte sich nach dem Milchmann um, der noch immer hier war. »Sie sagten doch, er hat einen Mietwagen. Was für eine Marke? Und wo parkte er ihn gewöhnlich?«

»Da drüben, in der Garage«, antwortete der Milchmann. »Oder hier auf dem Hof. Ich habe ihn oft gesehen. Ted hat den Wagen geliebt und wie ein Baby gepflegt; ja, wirklich«, fügte er hinzu. »Es war ein schwarzer Humber, ein großer, alter – Sie wissen schon.«

Sie schauten in der Garage nach. Die Türen standen weit offen, die Garage war leer.

In diesem Augenblick kam der Funkspruch durch, daß eine Mrs. Malmesbury in ihrer Wohnung von Ray Brett gefesselt und geknebelt worden sei. Ray Brett, nach dem jetzt ein großer Teil des Polizeiapparats in ganz Großbritannien fahndete.

22

Am Morgen fiel Lorna ein, daß sie vergessen hatte, Teds Brieftasche mitzunehmen. Ihr Plan war so vage gewesen: Klar war nur, daß sie ihn erschlagen wollte, wie Ray Brett Joyce Watson erschlagen hatte, und daß sie das Geld wegnehmen wollte, damit es nach einem Raubüberfall aussah. Aber Panik hatte sie ergriffen: einen Menschen auf diese Art anzufallen, einen Mann, den sie gar nicht kannte... Außerdem wollte sie ihn eigentlich nur außer Gefecht setzen, nicht töten... Sie war nicht sicher, wie weit sie eigentlich hatte gehen wollen.

Als sie zur Arbeit aufbrach, war sie ganz ruhig. Unterwegs warf sie den Anorak im Papierbeutel in eine Mülltonne. Sie dachte nicht daran, daß man ihn finden und die Blutflecken untersuchen könnte, wollte ihn nur loswerden. Niemand würde sie mit dem in Verbindung bringen, was Ted zugestoßen war; man würde das Verbrechen Ray Brett zuschreiben.

Und auch den ganzen Vormittag arbeitete sie gelassen in der Praxis und war tüchtiger als seit langem.

»Diesen Ray Brett haben sie immer noch nicht erwischt«, sagte Nancy, als sie sich zur Mittagspause den Mantel anzog. Sie war mit ihrem Freund verabredet und hatte es eilig. »Man fühlt sich gar nicht mehr sicher, nicht?«

»Die Polizei wird ihn bestimmt erwischen«, sagte Lorna, aber in

Wirklichkeit war es ihr egal. Was Ray getan hatte, war ihr lange nicht so wichtig wie das, was danach geschehen war.

»Bis später«, sagte Nancy und lief die Treppe hinunter.

Lorna hatte am Tag zuvor vergessen, Brot einzukaufen, also hatte sie nichts zum Mittagessen dabei; aber im Büro war noch eine Pakkung Kekse. Sie aß drei davon und trank zwei Tassen Tee dazu.

Kurz vor zwei kamen Nancy und Vigors gemeinsam zurück; sie hatten sich vor dem Haus getroffen. Vigors parkte gerade seinen Volvo, während Nancy die Straße entlangstarrte.

»Was ist denn da los, Nancy?« fragte Vigors.

»Da drüben steht ein Polizeiwagen vor dem Haus um die Ecke. Ich weiß auch nicht, was da los ist.«

»Wahrscheinlich hat jemand falsch geparkt«, sagte Vigors. »Die meisten Verbrechen erweisen sich im Grunde als harmlos.«

»Vielleicht haben Sie recht«, sagte Nancy.

Aber sie berichtete Lorna dann doch von dem Polizeiauto.

Teds Brieftasche lag auf Purdys Schreibtisch. Er hatte ihren Inhalt auf der Tischplatte ausgebreitet: dreiundzwanzig Pfund in Banknoten; Führerschein, Kraftfahrzeugschein, ein paar Geschäftskarten – und ein Zeitungsausschnitt.

Purdy betrachtete ihn. Es war das Foto einer Frau im Abendkleid. Sie trug das Haar hochgesteckt, und von dem Band auf dem Kopf fiel es in einer weichen Welle bis auf die Schultern. Die Gestalt war offensichtlich aus einer Gruppe ausgeschnitten worden; auf beiden Seiten sah man andere Kleider.

»Die kenne ich doch. Wer ist sie nur wieder?« fragte Purdy und strengte sein Erinnerungsvermögen an. »Aber sie sah ganz anders aus, als ich mit ihr sprach.«

»Es ist diese Mrs. Titmuss«, sagte der Sergeant.

Schwarzer Pullover, schwarze Hose, langes, offenes Haar – ja, das Gesicht war das gleiche.

»Fragen Sie bei der *Gazette*«, sagte Purdy. »Ich fahre inzwischen zum Krankenhaus. Wenn es wirklich Mrs. Titmuss ist, müssen wir ihr später einen Besuch abstatten.«

Mrs. Malmesbury döste, als er hinkam. Eine Polizeibeamtin saß vor der Tür des Krankenzimmers.

»Wie geht es ihr?« fragte Purdy die Stationsschwester.

»Sie ist sehr schwach«, antwortete die Schwester.

Mrs. Malmesbury bewegte sich, als sie in ihr Krankenzimmer kamen. Sie fühlte sich noch sehr müde, aber die Krise war überwunden. Sie konnte sprechen. Das Schlimmste war für sie der durchnäßte Sessel gewesen. Aber es hatte keine andere Möglichkeit gegeben. Am ersten Tag konnte sie es zurückhalten, bis der Junge sie in die Toilette gehen ließ. Aber dann, als er weg war, konnte sie sich nicht helfen. Sie würde die Erniedrigung nie vergessen, nicht den Blick des jungen Polizeibeamten, der sie von ihren Fesseln befreit hatte. Sie hatte nie Mitleid erregen wollen, wollte es auch jetzt nicht.

Hesther war für ihre Rettung verantwortlich, wie sie erfuhr; ohne ihren Anruf bei der Polizei hätte man sie erst gefunden, wenn Mrs. Brett am Freitag zu ihr kam.

Mrs. Brett: eine arme, gute Frau. Ihr eigener Sohn hatte es getan.

Sie berichtete dem Inspektor darüber; an genaue Zeiten konnte sie sich nicht erinnern, aber sie tat ihr Bestes, um auch das einigermaßen zu klären.

Sie wußte nicht, wann Ray die Wohnung verlassen hatte, aber er hatte zuvor den Fernseher eingeschaltet; das kommerzielle Programm, denn sie hatte die Werbespots gehört. Da sie die Nachrichten nicht mehr hörte, nahm sie an, daß Ray vor zehn Uhr abends weggegangen sein mußte.

»Ich wunderte mich, daß er sich die Mühe machte, den Apparat abzuschalten«, sagte sie zu Purdy. »Werden Sie ihn fangen? Ich will kein großes Theater machen, aber er hat eine Strafe verdient. Und ich möchte meine Ringe wiederhaben.«

»Er hat sich nicht nur die Sache bei Ihnen zuschulden kommen lassen, Mrs. Malmesbury«, erklärte Purdy freundlich. »Wir suchen ihn noch wegen einer anderen Sache.« Er stand auf. »Machen Sie sich keine Sorgen. Ruhen Sie sich erst einmal ein wenig aus. Ich bin sicher, es geht Ihnen bald besser.«

»Ja.« Sie schloß die Augen. »Ja, das hoffe ich.«

Jetzt war sie sicher. Sie hatte nichts mehr zu befürchten.

June ging wie jeden Morgen ins Geschäft, aber den Nachmittag über war der Blumenladen geschlossen, weil man June vermutlich bei der gerichtlichen Voruntersuchung im Fall Joyce Watson brauchte. Als sie nach Hause kam und ein Polizeiauto vor dem Haus stehen sah, dachte sie, man hole sie zu der Verhandlung ab, die um drei Uhr beginnen sollte.

Derselbe jüngere Polizeibeamte in Zivil, der schon einmal bei ihr gewesen war, stieg aus dem Wagen, als sie sich dem Haus näherte. Er hatte kantige Wangenknochen und einen athletischen Körper, erinnerte sogar ein wenig an Ted.

»Kann ich ein paar Worte mit Ihnen sprechen, Mrs. Titmuss?« fragte er.

»Natürlich.«

June stellte ihren Einkaufskorb ab und suchte in ihrer Handtasche nach dem Hausschlüssel. Purdy sah ihr zu. Er wußte, daß ihr ein schwerer Schock bevorstand. Er fühlte Mitleid mit Ted; sein Gefühl gegenüber June war dagegen eher reserviert. Er wußte noch nicht, ob sie sein Mitleid verdiente.

Schließlich fand June den Schlüssel und schloß auf. Dann führte sie den Kriminalbeamten ins Wohnzimmer.

»Wollen Sie sich nicht setzen?« fragte sie und schaute ihn an.

»Danke«, sagte Purdy.

Sie war sehr zurückhaltend und betrachtete ihn ganz ruhig.

»Möchten Sie ein Glas Sherry?« fragte sie und ging zum Sideboard.

»Nicht im Dienst, danke«, erwiderte Purdy. »Nun, dann wollen wir mal anfangen. Kennen Sie einen gewissen Ted Jessop, wohnhaft Dunstable Mews Nummer siebenundfünfzig?«

Vielleicht kennt sie ihn gar nicht. Vielleicht war der Kerl ein bißchen übergeschnappt und trug das Foto bei sich, weil er sie nur von fern verehrte. Der Schal konnte jemand anders gehören, vielleicht einem weiblichen Fahrgast, der ihn in seinem Wagen liegengelassen hatte. Aber man hatte auch ein paar lange, dunkelbraune Haare in Teds Bett gefunden. Und noch weitere Spuren. Wenn sie es nicht zugab, wenn er sie in die Zange nehmen mußte, konnte das unangenehm werden.

Sie antwortete nicht gleich.

»Ich – äh – ich habe ihn mal getroffen«, sagte sie schließlich.

Sie nahm ein Glas aus dem Sideboard und goß Sherry ein. Ihre Hand blieb dabei ganz ruhig. Dann wandte sie sich um. Ihr Gesicht war vom Fenster her beleuchtet.

»Setzen Sie sich doch, Mrs. Titmuss«, sagte Purdy.

June gehorchte. Was hatte das zu bedeuten? Hatte Ted vielleicht ein Verhältnis mit Joyce gehabt? Kaum zu glauben.

»Wir haben Ted Jessop heute morgen tot aufgefunden«, sagte Purdy. Wie hätte er es ihr anders mitteilen sollen? Außerdem wollte er ihre spontane Reaktion sehen.

Sie stieß einen unterdrückten Schrei aus und ließ das Sherryglas fallen. Die Flüssigkeit bildete eine kleine Pfütze auf dem Teppich. Auch ihr Rock hatte etwas abbekommen.

Purdy zog ein großes, sauberes Taschentuch aus der Hosentasche und reichte es ihr. Sie trocknete die Flecken auf ihrem Rock. Ihr Gesicht war kalkweiß geworden. Sie hatte noch kein Wort gesagt.

»Das gibt keine Flecken«, sagte Purdy und tupfte mit dem Taschentuch den Teppich ab.

»Ein Unfall? Der Wagen?« fragte sie zuletzt.

Wenigstens war sie nicht hysterisch.

»Er wurde mit einem stumpfen Gegenstand auf den Kopf geschlagen«, erklärte Purdy.

»O mein Gott! Wollen Sie damit sagen, man hat ihn ermordet?«

Sie schlug sich die Hände vors Gesicht, weinte aber nicht.

Purdy wußte, daß Ted nicht von den Hieben auf den Kopf getötet worden war. Er hatte sich vielmehr bei dem Sturz auf der Treppe das Genick gebrochen. Die Ursache für den Fall dagegen war unklar: Vielleicht war er hinuntergestoßen worden, vielleicht war er aber auch ausgeglitten. So oder so – er wollte keine Details schildern.

»Es war dieser Mann – dieser Ray Brett, nach dem Sie suchen, nicht wahr?« sagte June.

»Es sieht zumindest so aus. Der Wagen ist verschwunden – Jessops Wagen. Vielleicht hat er Brett ertappt, als dieser den Wagen stehlen wollte.«

»Warum sind Sie hier?« fragte June plötzlich. »Und woher wissen Sie, daß ich ihn kenne?«

Purdy nahm eine Plastikhülle aus der Tasche und zeigte ihr den Zeitungsabschnitt mit ihrem Foto. Er zeigte ihr auch den Seidenschal.

»Ist das Ihrer?«

June nickte.

Purdy steckte ihn ein.

»Ich muß ihn vorläufig behalten«, sagte er.

»Wo haben Sie das Foto gefunden?«

»In seiner Brieftasche.«

June schaute es an, und zwei Tränen rollten über ihre Wangen. Purdy betrachtete sie fasziniert. Er hatte schon von Frauen gehört, die weinen konnten, ohne dabei ihren Reiz zu verlieren. June gehörte zu ihnen.

»Ich kann Ihnen nicht helfen«, sagte sie.

»Hatten Sie eine Affäre mit Jessop?« fragte Purdy in neutralem Tonfall.

Sie erhob keinen Protest.

»Das konnten Sie sich wohl denken.«

»Weiß Ihr Mann Bescheid?«

»Um Himmels willen, nein! Niemand weiß etwas«, schrie June.

»Seit wann besteht dieses Verhältnis?«

Sie erzählte von ihren gemeinsamen Dienstagen.

»Und Ihr Mann hat nie Verdacht geschöpft?«

»Sie kennen ihn doch«, sagte June. »Er denkt von allen nur das Beste.«

»Dennoch: Für Sie war das eine riskante Sache. Er hätte Sie ja mal vom Unterricht abholen können.«

»Er mußte hierbleiben bei den Kindern«, sagte June. »Es war ganz und gar nicht riskant.«

»Er hätte vielleicht Ihren Lehrer treffen und sich nach Ihren Fortschritten erkundigen können.«

June starrte ihn verständnislos an.

»Kennt er ihn denn?« fragte June.

»Ich weiß es nicht«, sagte Purdy. »Aber ich werde es erfahren.«

23

Als die Praxis geschlossen war, ging Lorna hinüber zu den Titmuss'. Sie mußte wissen, weshalb die Polizei am Mittag dortgewesen war. Es war Donnerstag, also kam Cecil erst spät nach Hause.

»Ich kann nicht lange bleiben. Wollte nur sehen, ob alles in Ordnung ist«, sagte Lorna, als June die Tür öffnete.

Trotz ihrer eigenen Probleme fühlte June, daß Lorna unter einem schweren Streß zu stehen schien.

»Uns geht es gut. Janet macht ihre Hausaufgaben, und Barty schneidet Streichhölzer für Cecil zurecht. Kommen Sie rein und trinken Sie eine Tasse Tee mit mir.«

Sie war froh, daß Lorna gekommen war; wenn sie nicht bald mit einem Erwachsenen sprechen konnte, würde sie explodieren.

»Die Polizei war heute mittag hier«, sagte sie in gelassenem Ton, während sie den Wasserkessel füllte. »Es ging um die Voruntersuchung von Mrs. Watsons Tod. Ich brauchte nicht hinzugehen. Es hieß, die Verhandlung sei verschoben worden. Aber die Polizeibeamten haben mir gesagt, daß noch jemand ermordet wurde. Ein Taxifahrer. Und daß der Mörder seinen Wagen mitgenommen hat.«

»Seinen Wagen?«

»Ja. Man hat ihn erschlagen, wie Joyce. Und sein Wagen ist weg.«

Aber sie hatte ihn doch im Wagen liegengelassen; er war über das Lenkrad gesunken. Was hatte das zu bedeuten?

»Jetzt ist er sicher schon weit weg«, sagte June. »Dieser Ray Brett.«

»Das glaube ich auch«, erwiderte Lorna und war zutiefst beunruhigt.

Sie tranken Tee und sprachen eine halbe Stunde über die Ereignisse, dann verabschiedete sich Lorna.

Sie ging direkt in die Bibliothek; ihr Gemüt befand sich in völligem Aufruhr.

Cecil saß in seinem Büro hinter der Glaswand. Lorna nahm im Lesesaal Platz und beobachtete ihn, während sie in einer Zeitschrift blätterte. Sie war noch da, als Kriminal-Chefinspektor Purdy die Bibliothek betrat und schnurstracks auf Cecils Büro zuging.

»Sie hätten es ihm sagen müssen«, erklärte Whitchurch.

»Ich habe es einfach nicht fertiggebracht«, antwortete Purdy.

»Er weiß es doch. Natürlich weiß er es. Dieser Brett hat den Jessop nicht ermordet. Weder in Jessops Zimmer noch auf dem Hammer waren seine Fingerabdrücke«, sagte der Superintendent.

Ein Constable hatte den Hammer gefunden. Es war einfach gewesen, ihn mit dem Verbrechen an Jessop in Verbindung zu bringen, denn man hatte Haare von Jessop darauf gefunden. Dazu Blutspuren und ein paar verwischte Fingerabdrücke.

»Er hat keine Ahnung; ich konnte es ihm einfach nicht sagen«, erklärte Purdy.

»Was ist los mit Ihnen, Bob? Sie werden allmählich weich«, sagte Whitchurch. »Mein Gott, Mann, das liegt doch auf der Hand.«

»Keineswegs. Titmuss würde keiner Fliege etwas zuleide tun.«

»Kommen Sie, Bob. Ich kann verstehen, daß Sie die Frau schonen wollen. Aber deshalb können wir doch ihren Mann nicht einfach laufenlassen. Sie wissen so gut wie ich, daß gerade solche Schwächlinge in Krisensituationen sehr gefährlich werden können.«

»Aber Titmuss nicht«, sagte Purdy. »Er dachte wirklich, sie gehe jeden Dienstagabend in den Italienischkurs.«

»Wie haben Sie das herausgebracht?«

»Ich sagte, ich brauche die Namen von ein paar Lehrkräften, und ob er sie mir nennen könne. Das würde mir den Anruf sparen, und außerdem sei um diese Zeit das Büro nicht mehr besetzt.«

»Und?«

»Er kannte keinen. Schaute auf einer Liste nach und rief danach den Leiter des Kursprogrammes an.«

»Schlauer Bursche«, sagte Whitchurch. »Er hat Sie ganz schön reingelegt, Purdy.«

»Ich habe seine Fingerabdrücke«, erwiderte der Chefinspektor. »Hab' einen Brieföffner von seinem Schreibtisch geklaut.«

»Na schön – wir können ja erst mal prüfen, ob er in Jessops Wohnung war. Es sei denn, er war so schlau, Handschuhe zu tragen. Und was ist mit der Frau? Haben Sie ihre Abdrücke besorgt?«

»Nein. Sie war zu aufgeregt.«

»Sie selber waren zu aufgeregt, wollten Sie wohl sagen. Ich glaube es Ihnen ja, Purdy, die Frau sieht wirklich hinreißend aus. Aber Sie sind ein Kriminalbeamter. Und ein guter obendrein.«

»Ich nehme an, Brett hat den Wagen gestohlen«, sagte Purdy. »Immerhin hat er seinen eigenen stehengelassen. Vielleicht kannte er Jessop durch Mrs. Malmesbury und ging auf gut Glück dorthin. Es ist nicht weit vom Cleveland Court.«

»Da ist einfach ein Zufall zuviel dabei«, sagte Whitchurch.

»Und wenn Titmuss Jessop niedergeschlagen hat, warum hat er dann den Wagen genommen – und wo ist der Wagen jetzt?« fragte Purdy. »Nein, ich lasse mich nicht davon abbringen: Brett hat es getan. Vielleicht hat Jessop ihn überrascht, als er den Wagen klauen wollte, oder Brett hat ihn niedergeschlagen, um die Schlüssel zu bekommen – aber er war's.«

»Schön, Sie haben mich fast überzeugt. Wenn auch nicht ganz. Angenommen, dieser sanfte Mann, Titmuss, erfuhr, daß seine Frau ein Verhältnis mit dem Taxifahrer hatte. Er ging hin, schlug Jessop nieder und richtete es dann so ein, daß man glauben konnte, Brett käme auch für dieses Verbrechen in Frage. Ich bin überzeugt, wir finden den Humber ganz in der Nähe. Und wenn Titmuss wirklich so ein Schwächling ist, vielleicht hat er Jessop angefallen, aber nicht ganz erledigt. Jessop kommt danach zu sich, schleppt sich auf die Treppe hinauf, stürzt. Es kann auch sein, daß er auf der Treppe überfallen wurde. Vielleicht hat er seinem Angreifer sogar die Tür geöffnet.«

»Er wurde von hinten niedergeschlagen«, sagte Purdy. »Das steht fest.«

»Vielleicht hat Jessop diesen Titmuss gebeten, ins Haus zu kommen, und wurde dann niedergeschlagen, als er vorausging zu seinem Zimmer?«

Es war alles möglich.

»Aber es gibt keinen Beweis«, sagte Purdy stur.

»Den sollen Sie ja gerade finden«, erwiderte der Superintendent.

Die Bibliothek schloß kurz nach Purdys Besuch. Cecil ging hinaus zu seinem Wagen. Er sperrte das Lenkradschloß auf und ließ den Motor warmlaufen, ehe er losfuhr.

Es regnete wieder; die Scheibenwischer strichen hin und her. Es war schön, nach Hause fahren zu können. Soviel schreckliche Dinge passierten überall auf der Erde, und jetzt auch hier in Felsbury. Er erinnerte sich gut an den Chauffeur, der damals auf Mrs. Malmesbury gewartet hatte, als sie in der Bibliothek ohnmächtig geworden war. Und auch sie war das Opfer eines grausamen Verbrechens geworden. Sich vorzustellen, daß jemand es fertigbrachte, eine Frau in ihrem Alter an einen Stuhl zu fesseln! Was brachte einen jungen Menschen dazu, so grausam zu sein?

Sicher war er es, der Ted Jessop ermordet hatte. Hoffentlich erwischte ihn die Polizei, ehe er noch jemanden überfiel und tötete.

Cecil fuhr weiter. Er dachte an sein Modell und hoffte, heute noch einen Seitenflügel fertigstellen zu können.

Wie sonderbar, daß Chefinspektor Purdy ausgerechnet in die Bibliothek gekommen war, um sich nach den Lehrkräften der Abendschule zu erkundigen. Wozu brauchte er die Namen überhaupt? Es hätte doch bestimmt bis morgen früh Zeit gehabt, und dann hätte er sich die Fragen von der Sekretärin beantworten lassen können.

Cecil wußte nicht, was Purdy von June erfahren hatte. Zum Beispiel, daß er an diesem Abend länger in der Bibliothek sein würde. Er wußte auch sehr wenig über die Umstände bei Jessops Tod – nur das, was er tagsüber von Besuchern gehört und was in der Abendzeitung gestanden hatte.

June hatte Gulasch gemacht, und Cecil aß mit großem Appetit, obwohl es ein wenig zu stark gewürzt war für seinen Geschmack. Sie kochte gern nach der Phantasie. Cecil mochte natürliche Kost eigentlich lieber und gab deshalb auch jeden Morgen Weizenkeime in den Frühstücksjoghurt.

June war sehr blaß; sie aß kaum etwas von dem Gulasch.

»Die Polizei war heute abend in der Bibliothek«, berichtete er, während er seine Karamelkrem aß. Sie war ein bißchen zu süß.

»Oh, weshalb denn? Was wollten sie von dir?«

»Die Namen der verschiedenen Lehrkräfte der Abendkurse. Aber sie sagten nicht, wozu sie sie brauchten.«

June starrte ihn an.

»Kennst du sie denn?«

»Nein, aber ich habe den Leiter angerufen.«

Cecil schaltete den Fernseher ein für die Abendnachrichten. Nach ein paar Berichten über die üblichen Weltprobleme erschien Kriminal-Chefinspektor Purdy auf der Mattscheibe und sprach über die Verbrechensserie in Felsbury. Die Polizei suche nach dem jungen Mann Ray Brett, der ihnen bei ihren Ermittlungen behilflich sein könne. Und sie suche einen schwarzen Humber älterer Bauart. Als ein Foto von Ted auf dem Bildschirm erschien, drehte sich June beinahe der Magen um. Sie stand auf, entschuldigte sich und ging nach oben.

Cecil war gern allein, vor allem, wenn er wußte, daß seine Familie im Haus war. Er holte den Kleber und das Messer und arbeitete weiter an seinem Modell. Während er damit beschäftigt war, dachte er wieder an das, was er eben erfahren hatte. Dieser Mann, der Taxifahrer, war ein ganz normaler, anständiger Bürger. Genau wie Joyce – eine harmlose Frau ohne Feinde. Und wenn Brett nicht diesen Jessop getötet hatte, wer dann?

Und warum wollte die Polizei von ihm die Namen der Lehrkräfte wissen? Denn Purdy interessierte sich für die Leute, die am Dienstag ihre Vorlesungen hielten. Jessop aber war am Mittwoch ermordet worden. Es konnte also auch ein Lehrer gewesen sein, der am Dienstag unterrichtete. Aus welchem Grund? Cecil überlegte. Ted Jessop war angeblich nicht beraubt worden.

June kam zurück. Sie sah aus, als hätte sie geweint.

Cecil klebte ein Streichholz fest, dann fragte er: »Wie heißt eigentlich dein Italienischlehrer?«

»Er war ganz verrückt nach der Frau«, sagte Charlie. »Aber er hat kein Wort darüber verlauten lassen. Natürlich war sie verheiratet. Armer Teufel; ich kann es noch immer nicht glauben.«

Er stand mit Purdy und dem Sergeanten in der Werkstatt. Alle drei tranken Tee aus dicken Steinguttassen. Er hatte Purdy bereits alles gesagt, was er über Ted wußte, aber nicht das mit der Frau. Er hatte angenommen, das habe nichts mit dem Überfall zu tun.

Doch wenn man es sich genau überlegte, hatte es vielleicht etwas damit zu tun.

»Wer ist denn Ihrer Meinung nach der Mörder?« fragte Charlie. »Dieser Brett?«

»Vielleicht.« Purdy war auf der Hut. »Wenn wir den Wagen gefunden haben, wissen wir mehr.«

»Glauben Sie vielleicht, es war der Mann dieser Frau?« bohrte Charlie.

»Es wird sich bald herausstellen.«

»Vielleicht haben Sie recht«, sagte Charlie langsam. »Ted war die letzten Tage nicht so fröhlich wie sonst. Wissen Sie, früher war er ein sorgloser Mensch. Aber in letzter Zeit hatte er sich geändert.« Er berichtete Purdy von seinem Plan, gemeinsam mit Ted die Garage zu erweitern. Das war jetzt alles ins Wasser gefallen. »Aber Ted war ein feiner Kerl, Inspektor. Er war anständig zu jedem.«

»Na, zu dem Mann dieser Frau wohl nicht«, sagte Purdy.

»Das kommt ganz darauf an, von welcher Seite man es betrachtet. Erstens war es ja wohl ihre Schuld, wenn sie mit Ted eine Affäre einging. Und wer weiß, weshalb sie das getan hat? Vielleicht, weil ihr Mann sie schlecht behandelt hat oder so.«

Ja, wer konnte das beurteilen?

24

Am nächsten Tag, während einer Arbeitspause im Blumengeschäft, las June die Zeitungsberichte über Teds Tod. Tracy konnte an nichts anderes als die schrecklichen Ereignisse denken, die die Stadt in Unruhe versetzten.

»Ich möchte bloß wissen, wer die Frau gewesen ist«, sagte sie. »Vielleicht ist es jemand, den wir kennen – eine Kundin.«

Auf der ersten Seite ihrer Zeitung prangte die Schlagzeile: WER WAR DIE GEHEIME GELIEBTE? June ließ sich das Blatt geben und las mit klopfendem Herzen den Bericht. Ein hartnäckiger Reporter hatte Charlie ausgequetscht und aus einer Bemerkung des Mechanikers Schlüsse über Teds Liebesleben gezogen.

Nun, die Polizei wußte immerhin, wer diese geheime Geliebte war. Resignierend versuchte June, sich mit der Tatsache abzufinden, daß man sie früher oder später doch in die Sache hineinziehen würde. Sie hatte Cecil zwar beruhigen können, was den Italienischlehrer betraf, hatte behauptet, er habe seinen Namen nie genannt, und June habe sich auch nicht dafür interessiert. Es war ihr gelungen, den Lehrer überzeugend genug zu beschreiben, denn sie hatte ja immerhin zwei Abende an dem Kurs teilgenommen. Cecil schien sich damit zufriedengegeben zu haben und bastelte an seinem Modell weiter. Sie hatte Kopfschmerzen vorgeschützt und war zu Bett gegangen, hatte sich schlafend gestellt, als er nach oben kam.

Noch vor drei Abenden hatte sie in Teds Armen gelegen. Jetzt war all diese Inbrunst, dieser herrliche Zwang ausgelöscht. Sie konnte es nicht glauben. Sie dachte weniger an Ted als Person, sondern als Besitzer eines schönen, lebenskräftigen Körpers; sie hatte nie Zeit gehabt, sich für seine Gedanken zu interessieren, soweit sie nicht die Beziehung zwischen ihr und ihm betrafen.

WAR ES EIN CRIME DE PASSION? lautete eine Zwischenüberschrift in Tracys Zeitung, und der Artikel erging sich in Vermutungen über einen eifersüchtigen Ehemann, der Ted auf die Spur gekommen war und ihn getötet hatte.

Das war undenkbar.

Cecil wäre ihnen nie auf die Spur gekommen. Eine solche Vorstellung ging nicht in seinen Kopf. Und selbst wenn das der Fall gewesen wäre, wenn man annahm, er sei dahintergekommen – Cecil wäre vernünftig geblieben, hätte es ruhig und geduldig ertragen. Traurig vielleicht, verletzt, aber bestimmt nicht wie ein Rasender. Die Tatsache, daß es ihm an Leidenschaft fehlte, war es ja gerade, die June so bedauerte. Nein, das war ein typisches Beispiel für die Boulevardpresse, die eine sensationelle Theorie ausgebrütet hatte, um die Auflagen zu steigern, sagte sich June. Würde die Polizei in dieser Richtung etwas vermuten, dann hätte Inspektor Purdy wenigstens ein paar Andeutungen gemacht.

Trotzdem war das alles schrecklich wie ein böser Alptraum.

Als Peter Guthrie anrief und June zum Lunch einlud, nahm sie die Einladung sofort an.

»Ich bin sicher, Sie brauchen ein wenig Ablenkung nach diesem schrecklichen Ereignis«, sagte Guthrie.

June brauchte ein paar Sekunden, bis sie begriff, daß er sich auf Joyces Tod bezog, nicht auf das, was Ted zugestoßen war.

*

Auch Cecil hatte die Zeitungen gelesen. Der *Guardian*, den er beim Frühstück studierte, interessierte sich nur wenig für die lokalen Sensationen von Felsbury. Aber die Sekretärin in der Bibliothek hatte die *Daily Mail* mitgebracht. Als sie das Büro für ein paar Besorgungen verließ, las Cecil den Bericht. Sie kam zurück und fand ihn in die Zeitung vertieft.

»Schrecklich, nicht wahr, Mr. Titmuss«, sagte die Sekretärin.

»Wirklich. Entschuldigen Sie, Miss Vernon, ich habe einfach ohne zu fragen Ihre Zeitung genommen. Hoffentlich haben Sie nichts dagegen. Die Schlagzeile hat meine Aufmerksamkeit erregt.«

»Aber das ist doch selbstverständlich, Mr. Titmuss.«

Er war immer so höflich. Der Bibliotheksleiter war manchmal herablassend und unwirsch, Mr. Titmuss nie.

Während des Vormittags arbeitete Cecil wie gewöhnlich. Er verbrachte fast eine Stunde mit Peter Guthrie, der sich nach Büchern über die ersten Panzerwagen erkundigt hatte. Zum Lunch ging er hinüber in die ›Salad Bowl‹, wie üblich, aß Salat mit Datteln und Käse und trank ein Glas Milch dazu.

Verschiedene Gedanken gingen ihm durch den Kopf.

Der Name des Italienischlehrers.

Ted Jessop hatte eine verheiratete Frau zur Geliebten.

June benahm sich seltsam; gestern abend war sie ganz verstört gewesen und heute morgen schien sie mit ihren Gedanken ganz woanders zu sein. So lange konnte doch der Schreck über den Tod von Joyce Watson nicht nachwirken.

Es sah so aus, als sei dieser Ted Jessop nicht von Ray Brett ermordet worden, sondern von einem eifersüchtigen Ehemann. Er, Cecil, hatte Ted Jessop nicht getötet. Wenn also die Theorie zutraf, daß es ein eifersüchtiger Ehemann war, dann eben ein anderer – und die Frau dieses anderen war Jessops Geliebte. Nicht June.

Wie konnte er überhaupt denken, June habe Ted Jessop gekannt, geschweige, sie sei seine Geliebte gewesen? Sie hatte ihn wahrscheinlich nie kennengelernt.

Aber am Dienstagabend kam sie immer strahlend und aufgeregt

vom Italienischkurs zurück. Er hatte angenommen, es sei die Abwechslung, vielleicht auch ein besonders farbiger, interessanter Unterricht gewesen.

Er rief sie um zwei Uhr an, aber Tracy sagte, sie sei noch nicht zurückgekommen. Das überraschte ihn; er dachte, sie hätte sich Sandwiches mitgenommen. Seit Joyce tot war, blieb sie im Geschäft, bis sie die Kinder von der Schule abholen mußte.

Zum erstenmal in seinem Leben ging er früher als sonst von der Bibliothek weg und schaute auf dem Nachhauseweg bei der technischen Hochschule vorbei, wo die Abendkurse stattfanden. Die junge Frau im Büro kannte ihn und war ihm bei seiner Nachforschung behilflich. Er hatte sich seine Fragen im Lauf des Nachmittags überlegt und sagte jetzt, er hätte gern gewußt, welches die bestbesuchten Kurse seien, weil er dementsprechend Material für die Bibliothek beschaffen wolle.

Die Sekretärin sah das Register durch. Er fragte, ob die Teilnahme in manchen Fächern im Lauf des Kurses stark abgesunken sei.

Über ihre Schulter hinweg sah er die Häkchen, mit denen die Teilnahme bei den einzelnen Lektionen vermerkt wurde. June hatte nur zwei Häkchen auf der Liste: an den beiden ersten Abenden des Kurses. Cecil blieb noch eine Weile stehen, während die Sekretärin auch die Listen für den Deutschunterricht, die Kurse in Metallwerken und Gymnastik durchsah, und tat so, als mache er sich Notizen.

Obwohl er nichts aufgeschrieben hatte, war es eine erfolgreiche Nachfrage gewesen.

Der Humber wurde am Nachmittag auf dem Parkplatz des Flughafens Luton gefunden. Er war gespickt mit Fingerabdrücken von Ray Brett. Es gab noch mehr Abdrücke, aber keiner davon stimmte mit denen von Cecil Titmuss überein. Dennoch war und blieb er für Superintendent Whitchurch der Hauptverdächtige.

»Warum laden wir ihn eigentlich nicht zu einem Verhör vor?«

fragte er, als Purdy erklärte, es gebe nicht den kleinsten Beweis, der auf ihn hindeute. »Sie könnten ihn zum Beispiel fragen, wo er am Mittwochabend gewesen ist.«

»Vermutlich war er zu Hause«, sagte Purdy. »Wir versuchen zur Zeit festzustellen, wer den Hammer gekauft hat«, fuhr er fort. Denn der Hammer, mit dem man Ted niedergeschlagen hatte, war neu gewesen.

Lorna sah Cecil am Ende ihres Arbeitstages in sein Haus zurückkehren. Als sie durch die Straße ging, kam ihr ein Wagen der Polizei entgegen. Sie sah, daß er vor ›The Linden‹ anhielt. Kriminal-Chefinspektor Purdy und ein anderer Mann stiegen aus und gingen zur Tür.

Cecil hatte nicht einmal Zeit gehabt, den Mantel auszuziehen, als Purdy klingelte. Es war keine Überraschung für Cecil, zu sehen, wer da vor seiner Schwelle stand.

»Ah, Inspektor Purdy«, sagte er. »Wollen Sie mich sprechen?«

»Das stimmt, Mr. Titmuss.«

»Haben Sie etwas dagegen, wenn wir unser Gespräch anderswo führen? Ich möchte nicht, daß meine Frau oder die Kinder beunruhigt werden. Vielleicht kann ich mit Ihnen zu Ihrer Station fahren«, schlug er vor.

»Natürlich, wenn Sie möchten«, sagte Purdy. Armer Teufel – er war es also wohl doch gewesen. »Wir bringen Sie gern hin.«

»Gut. Ich möchte nur meiner Frau kurz Bescheid geben, wenn Sie mir eine Minute Zeit lassen.«

»Geht in Ordnung, Mr. Titmuss«, sagte Purdy. »Kommen Sie einfach raus zum Wagen, wenn Sie fertig sind.«

Er nickte dem Sergeanten zu, und der ging rasch auf die Rückseite des Hauses, für den Fall, daß Cecil versuchte, zu fliehen. Aber Purdy nahm nicht an, daß Cecil das vorhatte. Dieser Mann hatte einen Sinn für persönliche Würde. Wenn er wirklich Jessop in einem Anfall eifersüchtiger Raserei getötet hatte, dann besaß er auch die

Kraft, sich den Konsequenzen zu stellen.

June und die Kinder waren in der Küche.

»Ich muß noch einmal weg, Schatz«, sagte er zu June.

»O Daddy!« jammerte Janet. »Und unser Schachspiel?«

»Ich weiß, Kind. Wir spielen ein andermal«, versprach er ihr. Er hatte ihr gerade erst die Regeln beigebracht. »Es dauert sicher nicht lang«, fügte er hinzu. »So, Kinder, und jetzt laßt mich bitte einen Augenblick mit Mammi allein.«

June folgte ihm aus der Küche in die Diele und schloß die Tür hinter sich.

Er wußte es. Sie ahnte nicht, woher, aber er hatte es erfahren. Sicher hatten sie es ihm bei der Polizei gesagt.

»Die Polizei möchte mit mir sprechen«, sagte er mit ruhiger Stimme, während er sie beobachtete.

Sie hatte mit diesem Mann, diesem Taxifahrer, geschlafen. Es war unglaublich, aber es war die Wahrheit. Aber wenn er es ihr jetzt vorwarf, würde das Gebäude ihrer Ehe zusammenbrechen wie eines seiner Streichholzmodelle, wenn man daraufschlug.

Er hatte Ted nicht ermordet. Der Inspektor war ein vernünftiger Mensch. Die Sache war bestimmt in ein, zwei Stunden ausgestanden; er konnte nach Hause gehen, frei von jedem Verdacht. Und er mußte seine Ehe, mußte June schützen.

»Es ist eine unwichtige Angelegenheit«, sagte er. »Irgend etwas, bei dem ich ihnen vielleicht helfen kann. Du brauchst dir keine Gedanken zu machen.« Er küßte sie auf die Wange. »Warte nicht mit dem Abendessen, wenn ich bis dahin nicht zurücksein sollte. Und schließe gut zu hinter mir.«

Lorna sah, wie Cecil das Haus verließ und in dem Polizeiwagen wegfuhr.

Hatte man ihn festgenommen? Aber das war doch nicht möglich. Sie war die einzige, die über June und Ted Bescheid wußte, und bei ihr war das Geheimnis sicher. Sie dachte, sie hätte Cecil durch ihre Tat vor allem beschützt, was ihn bedrohte, doch jetzt sah es so aus, als habe sie ihn dadurch nur in eine andere, weit größere Gefahr gebracht.

Sie ging nicht nach Hause, sondern zur Polizeistation, wo sie aus dem Wartehäuschen der Busstation gegenüber den Eingang beobachtete.

25

»Ich war am Mittwochabend zu Hause. Meine Frau kann es Ihnen bestätigen. Ich kam gegen halb sechs Uhr heim.« Cecil sprach mit ruhiger Stimme. »Die Kinder hatten schon alles für unser Spiel vorbereitet – wir spielten Ludo. Danach habe ich ihnen vorgelesen. Nachdem meine Frau und ich zu Abend gegessen hatten, arbeitete ich bis zum Schlafengehen an meinem Modell. June sah fern – es war die ›Regan‹-Serie, soweit ich mich erinnere.« Welche Ironie – ein Kriminalfilm. »Sie mag so etwas. Ich höre nur immer die Geräusche im Hintergrund, achte aber nicht sehr darauf.«

Purdy glaubte ihm. Aber die ›Regan‹-Serie, ein regelmäßiges Programm, war um zehn zu Ende, und Ted war später überfallen worden. Sein Tod war etwa um elf Uhr eingetreten, wenngleich sich der Gerichtsarzt mit der Zeit nicht so genau festlegen lassen wollte.

»Mr. Titmuss, haben Sie einen Hammer?« fragte Purdy.

»Ja. Ich habe zwei – einen großen und einen kleinen. Im Schuppen hinter dem Haus.«

»Und Sie haben nicht vor kurzem einen neuen gekauft?«

»Nein. Wozu? Ich brauche keinen dritten Hammer.«

Die Untersuchungen hatten ergeben, daß nur wenige Hammer in der letzten Zeit gekauft worden waren.

»Ich möchte einmal folgendes unterstellen«, sagte Superintendent Whitchurch, der das Verhör übernahm. »Sie kamen dahinter, daß Ihre Frau eine Affäre mit Ted Jessop hatte, und Sie haben ihn am Mittwochabend überfallen, in der Absicht, ihn zu töten.«

Cecil, der auf einem harten Holzstuhl vor dem Schreibtisch des Superintendents saß, zuckte zwar zurück, schaute Whitchurch dabei aber unverwandt an.

»Das habe ich nicht getan«, sagte er.

»Sie kannten Jessop.«

»Ich habe ihn einmal bewußt gesehen, als er eine alte Dame von der Bibliothek abholen wollte, die in unserem Lesesaal ohnmächtig geworden war. Es war dieselbe alte Dame, die von diesem jugendlichen Verbrecher, Ray Brett, ausgeraubt wurde. Meinen Sie nicht, daß der Bursche auch Jessop überfallen hat?«

»Jessop wurde nicht ausgeraubt. Dagegen war bei allen anderen Verbrechen, die sich in jüngster Zeit in Felsbury ereigneten, Raub das Hauptmotiv«, sagte Purdy. Von seinem Platz aus konnte er die Gesichter der beiden Männer beobachten; der Superintendent, der darauf aus war, Titmuss zu einem Geständnis zu zwingen; Titmuss selbst blaß und angespannt, aber ohne Angst.

»Sie wußten aber, daß Ihre Frau Jessops Geliebte war?« fragte Whitchurch.

»Ich wußte es nicht«, entgegnete Cecil. Er leckte sich die Lippen; sein Mund war ganz trocken. »Nachdem Inspektor Purdy mich nach den Lehrkräften gefragt hatte, vor allem nach dem Italienischlehrer, habe ich mich gewundert, daß er damit ausgerechnet zu mir gekommen war. Er hätte anderswo viel leichter die entsprechenden Auskünfte erhalten können. Nun ja, und ich weiß jetzt, daß meine Frau nicht an den Italienischkursen teilnahm, wie ich angenommen hatte. Aber ich habe keinen Grund zu der Annahme, daß sie sich statt dessen mit Jessop getroffen hat.«

»Wie haben Sie herausgefunden, daß Ihre Frau nicht bei den Kursen gewesen ist?« fragte Purdy.

»Ich war heute im Sekretariat der Abendkurse und sah mir unter einem Vorwand die einzelnen Register an.

Armer Teufel, dachte Purdy.

Schließlich gaben sie es auf. Cecil hatte nicht mehr viel hinzuzufügen; er wußte, wo Jessop wohnte, weil seine Adresse in den Zeitungen gestanden hatte; er wußte, was für einen Wagen der Mann gefahren hatte, denn auch darüber hatte die Presse berichtet, und außerdem hatte er ihn vor der Bibliothek gesehen. Der Superintendent ging schließlich nach Hause und ließ Purdy mit Cecil allein.

»Wir bringen Sie zurück. Ich bestelle einen Wagen«, sagte Purdy.

»Ich habe es nicht getan, wissen Sie«, sagte Cecil.

»Ich glaube Ihnen«, erwiderte Purdy. »Wenn wir diesen Brett bald aufgreifen, können wir den Fall vielleicht rasch und ohne großes Aufsehen abschließen.«

»Ich habe meiner Frau gesagt, Sie wollten mich in einer unbedeutenden Angelegenheit sprechen«, erklärte Cecil. »Wenn Sie mich noch einmal brauchen sollten, wäre ich Ihnen dankbar, wenn Sie mich zuvor anrufen würden. Ich komme dann sofort hierher. Aber ich möchte nicht, daß June sich Sorgen macht.«

»Ich hoffe, wir brauchen Sie nicht mehr«, erwiderte Purdy.

Was würde er seiner Frau sagen, wenn er nach Hause kam?

»Ich nehme an, es ist wahr – das mit June und Jessop?« fragte Cecil und zeigte zum erstenmal ein Zeichen von Verzweiflung.

»Ich fürchte ja.«

»Wie – wie sind Sie dahintergekommen?«

»Jessop hatte einen Zeitungsausschnitt – ein Foto von ihr – in seiner Brieftasche. Und wir haben ihren Schal in seiner Wohnung gefunden.« Er brauchte nichts mehr hinzuzufügen.

»Ein blaugelber Seidenschal? Ja – das ist er. Sie hat ihn angeblich verloren«, sagte Cecil. Er selbst hatte June den Schal geschenkt. »Aber außer Ihnen weiß es niemand, oder?«

»Nein, nein. Wir sind sehr diskret«, versicherte ihm Purdy.

»Aber jetzt wird alles an die Öffentlichkeit gezerrt, wie?«

»Nicht unbedingt. Jedenfalls nicht, wenn wir Brett bald festnehmen und ihm die Tat nachweisen können.«

»Ich habe mich immer gefragt, warum sie mich geheiratet hat«, sagte Cecil unvermittelt.

Purdy hatte sich das auch schon gefragt.

»Ihr früherer Verlobter hat sie sitzengelassen, kurz bevor wir uns kennenlernten. Ich war nicht gut genug für sie.«

Purdy betrachtete den Mann – traurig, zusammengesunken, erledigt.

»Sie sehen es von der falschen Seite«, sagte er. »Sie war nicht gut genug für Sie. Sie ist eine Frau, keine Heilige. Jetzt, wo sie von dem Sockel gestürzt ist, den Sie ihr gebaut haben, brauchen Sie keine Angst mehr zu haben vor ihr.«

Cecil starrte ihn an.

»Ich werde es ihr gegenüber niemals erwähnen«, sagte er. »Nie.«

»Aber sie muß doch wissen, daß Sie es erfahren haben.«

»Wenn wir darüber sprechen, gibt es eine Szene. Dann werden vielleicht Dinge gesagt, die man nicht mehr vergessen kann.« Sie würde ihn vielleicht sogar verlassen – mit dem Blumengeschäft als Hintergrund war sie weitgehend unabhängig. »Wir werden niemals darüber sprechen«, wiederholte Cecil. »Niemals.«

Mein Gott, was für eine Strafe für die beiden, dachte Purdy. Ich hoffe nur, wir können dir das Schlimmste ersparen, du armer Teufel, fügte er in Gedanken hinzu.

Es klopfte, und ein Constable kam herein.

»Der Wagen ist bereit, Sir«, sagte er. »Am Hinterausgang, wie Sie es angeordnet haben.«

Purdy ging mit Cecil über den Gang zum Hof hinter der Polizeistation.

»So ist es nicht so auffallend«, sagte er. Vorne wartete ein halbes Dutzend Reporter.

Lorna in ihrem Versteck sah Cecil nicht herauskommen.

Ray Brett starrte sein eigenes Gesicht entgegen – von der Zeitung, die der Mann ihm gegenüber las.

MORD IN FELSBURY lautete die Schlagzeile. Ray konnte nicht weiterlesen. Er stieg an der nächsten Station aus dem Bus, hielt den Kopf gesenkt und kaufte sich am nächsten Kiosk eine Zeitung. Er nahm sie mit in ein Café, bestellte sich eine Tasse Tee und setzte sich, um den Artikel zu lesen. Ein eisiger Schauer lief ihm über den Rükken, als er die Sache mit Ted Jessop las. Wer konnte das getan haben? Es war vorsätzlicher Mord. Bei dem Überfall auf Joyce Watson hatte er nicht vorgehabt, die Frau zu töten; wenn sie ihn erwischten, würde er wegen Totschlags vor Gericht gestellt. Aber wenn sie ihm das mit Ted in die Schuhe schoben, war er erledigt.

Er las weiter und erfuhr von der geheimnisvollen Geliebten und von der Theorie des eifersüchtigen Ehemanns. Das gab schon eher einen Sinn. Ja, der Ehemann mußte es gewesen sein. Vielleicht würden sie ihn bald finden, dann konnten sie die Großaktion gegen ihn abblasen.

Er versuchte, ruhig und überlegen zu denken. Die Wohnung in London und die langbeinige Blondine waren in weite Ferne gerückt.

Er mußte eine neue Identität annehmen. Sein Haar war jetzt wenigstens schwarz. Er würde ein Haarfärbemittel kaufen und es richtig machen. Und er mußte sich einen neutralen Geschäftsanzug besorgen. Dann würde er sich ein Zimmer in einer bürgerlichen Pension suchen. Er würde sich obendrein einen Schnauzbart stehen lassen; da er sich seit Dienstag nicht mehr rasiert hatte, würde das nicht allzu lange dauern. Er würde sich irgendeinen Job besorgen, bis sich alles ein wenig beruhigt hatte. Und er brauchte eine anständige Umgebung. Er hatte seine Sozialversicherungskarte nicht bei sich – er würde einfach sagen, er habe sie verloren. Und er würde sich einen neuen Namen ausdenken.

Als er diesen Plan gemacht hatte, fühlte er sich wohler. Birmingham war eine Großstadt mit vielen Menschen; wenn er hier untertauchte, würde ihn keiner entdecken. Er war per Anhalter hergefahren, nachdem er den Wagen in Luton stehengelassen hatte.

Nachdem er eine Weile herumspaziert war, fand er ein Geschäft mit gebrauchter Herrenkleidung. Es gab mehrere Anzüge in seiner Größe, und einer paßte ihm ausnehmend gut. In einem nagelneuen Anzug wäre er vielleicht zu sehr aufgefallen. Er rasierte sich den Bart in einer öffentlichen Toilette, ließ aber den Flaum auf der Oberlippe stehen. Dann zog er seinen Anorak an, beschloß aber, sich einen

Mantel zu kaufen. Und er brauchte einen ordentlichen Koffer.

Es dauerte fast den ganzen Tag, bis er alles beisammenhatte. Am Spätnachmittag hatte sich Ray in das verwandelt, was die Besitzerin einer bescheidenen Pension als einen jungen, gutaussehenden Geschäftsmann bezeichnete. Er zahlte die Miete für eine Woche im voraus und bekam ein Zimmer im Dachgeschoß. Er hob den fadenscheinigen Teppich hoch, lockerte eines der Fußbodenbretter und verstaute darin seine Beute.

Dann ging er aus dem Haus, um sich nach einem Job umzusehen.

Purdy ließ sich noch einmal alles durch den Kopf gehen, nachdem Cecil weg war. Kein Zweifel, der Bibliothekar hatte nichts mit dem Überfall auf Ted Jessop zu tun. Kein einziger Beweis sprach gegen diese Auffassung. Rays Fingerabdrücke waren überall im Inneren des Wagens, und die verwischten Abdrücke auf dem Hammer konnten zu jedermann gehören. Die Nacht war kalt gewesen, also lag es nahe, daß der Angreifer Handschuhe getragen hatte.

Es mußte Brett gewesen sein. Jessop hatte ihn überrascht, als er den Wagen stehlen wollte. Er mußte Blut auf seiner Kleidung haben. Die Routinebefragungen bei den Reinigungsfirmen waren noch nicht abgeschlossen, aber kein Mörder brachte seine blutbeschmierte Kleidung zur Reinigung. Die Blutspuren im Humber wiesen darauf hin, daß Jessop im Wagen angegriffen worden war, nicht auf der Treppe.

Wenn Purdy allerdings nicht bald beweisen konnte, daß Brett für die Tat in Frage kam, würde es sich nicht vermeiden lassen, daß Cecil Titmuss und seine Frau in die Sache hineingezogen wurden, und dann war Titmuss gesellschaftlich erledigt. Bis jetzt erlebte er nur so etwas wie eine private Kreuzigung.

Er würde nie wieder glücklich sein mit diesem hübschen Luder, dachte Purdy.

Schließlich verließ er sein Büro und fuhr nach Hause in seine Zweizimmer-Junggesellenwohnung; einfach, aber komfortabel, im sanierten Ostteil der Stadt. Es gab zur Zeit keine Frau, die zu ihm gehörte. Die Dienststunden bei der Polizei machten es fast unmöglich.

Er träumte von June.

Lorna fand in dieser Nacht keinen Schlaf. Im Radio war nicht die Rede von einer weiteren Festnahme; sie hatte alle Stunden die Nachrichten verfolgt. Doch Cecil war nicht mehr aus dem Polizeigebäude herausgekommen. Als sie ihren Posten verließ, war sie völlig durchgefroren; auch jetzt war ihr noch kalt. Zweimal in der Nacht stand sie auf und machte Tee. Gegen Morgen fühlte sie sich krank und abgeschlagen. Sie hatte nichts gegessen seit ihrem mageren Lunch am vergangenen Mittag.

Sie ging früh aus dem Haus und kaufte alle drei Tageszeitungen.

Cecil wurde mit keinem Wort erwähnt, aber ein Reporter behauptete, die Polizei kenne den Namen der geheimen Geliebten. Aus ganz England trafen Berichte über junge Männer ein, die so aussahen wie Ray Brett.

Als sie sich der letzten Zeitung zuwandte, sprang ihr die Schlagzeile in die Augen: Riesige schwarze Buchstaben, die verkündeten: BIBLIOTHEKAR UNTERSTÜTZT POLIZEI BEI MORDUNTERSUCHUNG.

Daneben befand sich ein Foto von Cecil und Kriminal-Chefinspektor Purdy, die gemeinsam die Polizeistation von Felsbury betraten. Im darunterstehenden Text hieß es dann freilich nur, daß die beiden mit einem Wagen der Polizei vorgefahren seien – aber natürlich wußte jeder, der den Fall verfolgte, daß Purdy der Inspektor war, den man mit der Aufklärung des Mordfalles Ted Jessop betraut hatte.

Lorna fuhr sofort in die Praxis. Sie sperrte auf und ging hinauf ins Büro. Es war ein schöner Tag, sehr kalt, ein Samstag, an dem Cecil vielleicht den Garten harkte oder das Laub verbrannte.

Sie schaute aus dem Fenster und sah Janet auf ihrem Kinderfahrrad um die Wiese radeln, und Barty der hinterdreinlief.

Während sie den Kindern zusah, kam June an die Tür und rief sie herein. Danach blieb alles still. Kein Zeichen von Cecil.

Als Cecil von der Polizei zurückkam, war June im Bad. Sie hatte sich fest entschlossen, für den Fall, daß sie ihn freiließen, so zu tun, als sei gar nichts vorgefallen. Es war das einzige, was sie tun konnte. Er mußte klingeln, denn sie hatte die Sperrkette vorgelegt.

Sie kam die Treppe herunter, feucht, in ein Badetuch gewickelt, das Haar hochgesteckt, das Gesicht gerötet.

»Tut mir leid, daß ich so spät dran bin, Schatz«, sagte Cecil ruhig. »Geh schnell wieder nach oben, sonst erkältest du dich. Ich bringe hier unten nur noch einiges in Ordnung und komme dann nach. Ich habe keinen Hunger.« Er hatte auf der Polizeistation eine Tasse Tee getrunken.

Er wartete, starrte ins Leere, bis er annehmen konnte, daß June zu Bett gegangen war. Morgen früh würde er ihr wieder ins Gesicht schauen können, aber jetzt nicht; nicht, wenn sie so rosig und erhitzt war vom Bad, und wenn er sie so begehrenswert fand. Er konnte sie nicht berühren – das wäre einfach unanständig gewesen. Vielleicht würde er sie nie wieder berühren können.

Als er nach oben kam, schien June fest zu schlafen. Er erledigte seine übliche Routine, stapelte die Münzen ordentlich auf dem Nachttisch und zog sich im Bad aus, damit er June nicht störte. Schließlich schlüpfte er ins Bett und zog den Wecker auf. Er küßte sie nicht. Wenn er nicht darauf achtete, würde das Verlangen nachlassen; der Schmerz in seinem Herzen würde freilich bleiben, für immer. Davon war er überzeugt.

26

Als die Guthries ihr Haus betraten, klingelte das Telefon.

»Wer kann das sein? Es ist nach Mitternacht«, rief Audrey und fürchtete schon, den Kindern könne etwas passiert sein.

Die Guthries hatten bei Freunden zu Abend gegessen. Die Kinder übernachteten bei Bekannten in der Gegend.

»Hallo, hier Guthrie«, sagte Peter und fügte hinzu: »Sie haben vermutlich die falsche Nummer gewählt.«

Jemand sprach am anderen Ende der Leitung, und Peter antwortete: »Wissen Sie denn nicht, wie spät es ist? Was soll das eigentlich?«

Die Stimme ließ sich nicht abweisen.

»Aber das ist doch Unsinn«, rief Guthrie und knallte den Hörer auf die Gabel.

»Wer war es denn?« fragte Audrey.

»Eine Verrückte. Ein hysterisches Weibsbild. Wollte mit dir sprechen. Lorna irgendwas. Total behämmert.«

Audrey wußte sofort, wer es war.

»Lorna Gibson. O Peter, du hättest nicht einfach auflegen dürfen.«

Nach ihrem Gespräch und dem gemeinsamen Mittagessen hatte Audrey sich vorgenommen, sich ein wenig um das arme Ding zu kümmern, aber dann vergessen, sie einzuladen.

»Sie sollte nicht um diese Zeit anrufen«, sagte Guthrie. »Man kann doch nicht die Leute mitten in der Nacht mit seinen Problemen stören.«

»Vielleicht hat sie es den ganzen Abend versucht«, meinte Audrey.

»Dann hat es auch noch bis morgen früh Zeit«, sagte Guthrie und ging nach oben.

Audrey seufzte. Danach schaute sie im Telefonbuch unter Gibson nach. Es gab eine ganze Reihe von Eintragungen, und mehrere mit dem abgekürzten Anfangsbuchstaben L. Sie konnte sie nicht alle mitten in der Nacht anrufen.

Eine halbe Stunde später klingelte das Telefon wieder. Audrey, halb eingeschlafen, murmelte: »Geh hin, Peter. Es ist sicher dieses Mädchen.«

Aber er dachte gar nicht daran. Er dachte nur an sich selbst.

Um sechs Uhr am Sonntagmorgen war Audrey schon in der Küche und trank Tee. Wenn man es jahrelang gewohnt war, früh aufzustehen, konnte man das nicht mit einem Schlag ändern. Sobald sie mit dem Tee fertig war, würde sie ein Bad nehmen. Dann würde sie in die Frühmesse gehen. Danach würde sie sich bestimmt besser fühlen. Das Rezept hatte bisher noch immer gewirkt.

Das Telefon klingelte.

Sie ging sofort an den Apparat.

»Mrs. Guthrie? Gott sei Dank.«

»Lorna? Sie sind es doch, Lorna Gibson.«

»Ja. Oh, Mrs. Guthrie, können Sie mir helfen?«

»Wenn ich kann, gerne. Was ist denn passiert?« fragte Aurdrey. »Sagen Sie es mir.«

Das Mädchen machte keineswegs einen hysterischen Eindruck. Ihre Stimme klang eher ausdruckslos.

»Ich habe versucht, Inspektor Purdy auf der Polizeistation zu erreichen. In Felsbury. Er ist nicht da. Ich kann es niemand anders sagen«, erklärte Lorna. Ihre Stimme klang seltsam tief.

»Inspektor Purdy? Aber worum geht es denn?«

»Ted Jessop. Ich habe ihn getötet. Ich wußte über seine Dienstage Bescheid«, sagte Lorna.

»Was?« Audrey brauchte eine Weile, bis ihr überhaupt einfiel, wer Ted Jessop war.

»Ich habe es getan«, wiederholte Lorna.

Peter hatte recht; sie war doch hysterisch, wenn ihre Stimme auch nicht so klang.

»Von wo sprechen Sie?« fragte Audrey.

Lorna antwortete nicht.

»Sie waren so nett zu mir«, sagte sie. »Und ich wüßte nicht, wen ich sonst darum bitten könnte. Werden Sie Inspektor Purdy sagen, daß ich es getan habe? Ich habe den Hammer bei Slater in der Manor Road gekauft, am vergangenen Mittwoch, und ich habe mich auf dem Rücksitz des Wagens versteckt. Als Mr. Jessop einstieg, habe ich ihn von hinten erschlagen. Wollen Sie das Inspektor Purdy sagen? Aber nur ihm persönlich; er ist der einzige, der es verstehen wird.«

Sie hatte zweifellos den Verstand verloren. Es gab Leute, die sich nach spektakulären Morden der Tat bezichtigen, davon hatte sie schon gehört. Die Polizei hatte nicht selten mit falschen Geständnissen zu tun.

»Lorna, Sie brauchen einen Arzt. Sagen Sie mir, wo Sie sind«, sagte Audrey.

»Das tut nichts zur Sache. Versprechen Sie mir, daß Sie es Inspektor Purdy sagen. Und auch das mit den Dienstagen. Vergessen Sie es nicht. Ich habe von den Dienstagen gewußt.«

»Die Dienstage. Gut. Aber, Lorna –«

»Die Dienstage, ja.«

Danach war die Leitung tot. Audrey schüttelte den Hörer. Nach ein paar Sekunden war das Belegtzeichen zu hören. Sie legte auf, starrte den Apparat ein paar Sekunden lang an, hob den Hörer wieder ab und wählte 999.

Erst dann fiel ihr ein, daß sie ja die Polizeistation in Felsbury brauchte.

Es ging sehr schnell. Audrey überzeugte den Mann an der Vermittlung, daß sie unbedingt mit Kriminal-Chefinspektor Purdy sprechen müsse, und innerhalb weniger Minuten meldete er sich bei ihr. Sie wiederholte ihr Gespräch mit Lorna so wörtlich wie möglich.

»Sie sprach immer wieder von den Dienstagen. Sie sagte, sie hätte das mit den Dienstagen gewußt«, sagte Audrey. »Können Sie sich etwas darunter vorstellen?«

»O ja«, antwortete Purdy. »Ja, das ergibt einen Sinn.«

Zehn Minuten später klingelte Purdy, unrasiert, an Lornas Tür.

Schließlich brachen sie zu zweit die Tür auf, aber das Zimmer war verlassen. Alles war ordentlich; sogar Lornas Zahnbürste stand im Wasserglas am Waschbecken.

Purdy sah Constable Frisby an, mit dem er sich draußen vor dem Haus getroffen hatte.

»Slater hat einen Hammer an eine dunkelhaarige Frau verkauft. Das hatten wir doch auf unserer Liste, nicht wahr?« Frisby bestätigte es.

Purdy schaute unter Lornas Kopfkissen. Der Pullover war verschwunden. Danach durchsuchte er hastig die Schubladen, fand jedoch nichts von Bedeutung.

»Wo kann sie sein?« fragte Frisby.

»Keine Ahnung.«

»Sie kann es doch nicht getan haben. Diese Frau ist verrückt. Anonyme Briefe – ja, vielleicht. Aber doch keinen Mord.«

Purdy sah sich in dem lebhaft dekorierten Zimmer um. Lorna fehlte es nicht an Leidenschaft – wenn auch einer ganz besonderen Art von Leidenschaft.

»Wir müssen sie suchen«, sagte er.

Sie erfuhren, daß während der Nacht mehrmals eine Frau in der Station angerufen und nach Purdy gefragt hatte. Sie wollte keinen Grund für ihren Anruf nennen, daher hatte man ihn nicht geweckt.

Frisby blieb bei Lornas Wohnung, während Purdy in die Station fuhr. Von dort rief er Audrey Guthrie an, die etwas Licht in die Angelegenheit bringen konnte.

»Vielleicht wandert sie ziellos durch die Straßen«, sagte Purdy. »Wir haben bereits eine Fahndung durchgegeben. Hat sie Sie von einer Telefonzelle aus angerufen?«

»Nein – nein, ich glaube nicht. Aber vielleicht kann Mr. Vigors helfen«, schlug sie dann vor.

»Vigors?«

»Der Zahnarzt, bei dem sie arbeitet. An der Ecke Western Grove. Er wohnt nicht dort, es ist nur seine Praxis.«

»Western Grove?« Natürlich, das war es. Das war die Verbindung! Die Familie Titmuss wohnte an der Ecke Materton Road und Western Grove. »Und wo wohnt Mr. Vigors?« fragte Purdy. Wenn sie es ihm sagen konnte, würde das Zeit sparen.

Audrey wußte es, denn sie und Peter waren dort schon mehrmals zum Abendessen gewesen. Zehn Minuten später wurden die Vigors durch die Haustürklingel geweckt, und Bryan, in seinem Morgenmantel, ließ Purdy und den Sergeanten mit vorwurfsvollen Blicken ins Haus. Die Kinder lehnten in Pyjamas an der Treppenbrüstung und beobachteten die Szene mit großem Interesse, bis ihr Vater sie mit ungewöhnlicher Schärfe ins Schlafzimmer scheuchte.

»Was für eine Zeit, Leute zu belästigen«, beklagte er sich. »Am Sonntagmorgen. Gönnt ihr euch denn gar keinen Schlaf? Und worum geht's? Habe ich vielleicht wieder einmal falsch geparkt?«

Purdy schilderte ihm kurz die Geschichte, wie er sie von Audrey Guthrie kannte.

»Mein Gott, dieses Mädchen hat wirklich den Verstand verloren. Natürlich hat sie es nicht getan. Sie ist ein ausgesprochen gefühlloses Wesen. Haßt es, andere Menschen auch nur zu berühren, sogar alte Damen. Sie würde nie einen anderen angreifen.«

»Sie ist verschwunden«, sagte Purdy. »War vermutlich die ganze Nacht über nicht zu Hause. Haben Sie eine Ahnung, wo sie sein könnte? Hat sie Freunde?«

»Nein. Nancy, das andere Mädchen, das in meiner Praxis arbeitet, hat es mehrfach versucht, aber sie sind sich nicht sehr nahegekommen. Vielleicht kann sie ihnen weiterhelfen. Ich habe ihre Privatadresse allerdings nicht hier. Sie ist in der Praxis, nehme ich an.«

»Dann fahren wir dorthin«, sagte Purdy.

»Es sieht so aus, als bliebe mir heute nichts erspart«, erwiderte Vigors mit Resignation.

»Ja«, sagte Purdy lakonisch.

Vigors ging nach oben und zog sich eine Hose und einen Pullover an. Sein Schafwollmantel hing in der Garderobe. Zu Susan sagte er nur, daß diese verrückte Lorna ihm diesmal einen besonders dummen Streich gespielt habe. Die Kinder drückten die Nase an den Fensterscheiben platt, als der Zahnarzt mit dem Polizeiwagen davonfuhr.

Lorna hatte es im Sprechzimmer getan, wo der Boden mit Linoleum ausgelegt war. Sie hatte sogar noch Zeitungen ausgebreitet. Es sah so aus, als habe sie es zuerst mit dem Lachgasapparat versucht, denn der stand neben ihr, doch das schien nicht geklappt zu haben. Als sie das Bewußtsein verlor, hatte sie die Maske losgelassen und war kurz danach wieder zu sich gekommen. Also hatte sie sich die Pulsadern aufgeschnitten, mit einem von Vigors Skalpellen. Sie trug den Pullover, den Purdy unter ihrem Kopfkissen gesehen hatte, und auf dem Instrumentenbrett vor ihr lag die Quittung für den Hammer.

Sie war noch nicht tot.

Vigors, in dieser Situation so nützlich wie jeder Arzt, versuchte als erstes, die Blutung zu stillen, während Purdy den Krankenwagen bestellte. Vom Büro aus, wo er telefonierte, konnte er Cecils Haus sehen. Dort wurden eben die Vorhänge zurückgezogen.

»Sie wird es vermutlich überstehen«, sagte Vigors, als Lorna auf einer Bahre abtransportiert wurde. »Vorausgesetzt, sie pumpen ihr schnell genug wieder Blut in die Adern.« Er überblickte die schrecklichen Spuren in seinem Sprechzimmer. »Warum hat sie das getan?«

Purdy war in Gedanken bei der Gerichtsverhandlung, die Lorna bevorstand, wenn sie überlebte. Sie würde trotz allem schuldig gesprochen werden. Und dabei würde auch Cecils Tragödie ans Tageslicht gezerrt werden.

»Aus Liebe«, sagte er zu Vigors.

ENDE

Goldmann rote KRIMI

J. R. L. Anderson
Auf Eis gelegt
160 Seiten. Band 4486.

Richard Garston, ein junger Wirtschaftsprüfer, erhält einen ungewöhnlichen Auftrag: Er soll für eine britische Weltfirma interne Spionagefälle aufklären. Zunächst finden sich kaum Beweise für den Verdacht des Konzernchefs. Doch dann ereignet sich ein Mordversuch – und ein Mord . . .

Donald MacKenzie
Eine Gaunerkomödie
160 Seiten. Band 4487.

ANKOMME LONDON MITTWOCH PANAM FLUG 703 ALLES LIEBE LUCY
Das Telegramm schlägt wie eine Bombe ein. Lucys Vater und sein Freund Gordon Russell sind alles andere als begeistert. Die beiden verdienen sich nämlich ihren Lebensunterhalt als internationale Trickbetrüger.

Dell Shannon
Poker mit Joker
160 Seiten. Band 4488.

Beim Pokern kennt sich Lieutenant Mendoza vom Morddezernat Los Angeles aus. Er weiß, daß man immer mit einem wilden Joker rechnen muß . . .
Das Blatt, das man ihm mitten in der Urlaubszeit austeilt, trifft ihn völlig unvorbereitet. Ein Unbekannter hat seine beiden Kinder entführt . . .

WILHELM GOLDMANN VERLAG MÜNCHEN

Harry Carmichael
Notausstieg
160 Seiten. Band 4489.

Zu spät verließ Vaughan Mortimer die brennende Maschine. Der Fallschirm öffnete sich nicht – er stürzte ins Meer. Ein perfekt getarnter Selbstmord, meint die Versicherung. Denn Mortimer hatte kurz zuvor die Police verdoppelt. John Piper untersucht den Fall. Schauplatz: London und Umgebung

---

Catherine Aird
Der Nonnenmörder
160 Seiten. Band 4490.

Es war Inspektor Sloanes erster Besuch in einem Nonnenkloster. Und auch die Schwestern von St. Anselm in der englischen Grafschaft Calleshire waren nicht vertraut im Umgang mit der Kriminalpolizei. Aber der Mord an Schwester Anne fällt nun mal in sein Ressort – auch wenn er hinter Klostermauern begangen wurde . . .

Ben Healey
Verwaschene Spuren
160 Seiten. Band 4491.

Wales im Nebel . . . Eine seltsame, unwirkliche Landschaft . . . Paul Hedley, Kunstmaler und Amateurdetektiv, bleibt auf einer einsamen Straße mit dem Wagen im Morast stecken. Und in der Villa, wo er Hilfe holen und telefonieren will, ist der Hausbesitzer seit Stunden überfällig . . .

Goldmann rote KRIMI

Keith Laumer
Rote Blumen auf dem Hemd
160 Seiten. Band 4477.

»Finden Sie meine kleine Anya«, befahl der zwielichtige Klient dem Privatdetektiv Joe Shaw. Und Shaw übernimmt den Auftrag, obwohl er weiß, daß man ihm wichtige Einzelheiten vorenthält ... Schauplatz: Los Angeles

Dan Lees
Unternehmen Regenbogen
160 Seiten. Band 4478.

Der Tote, den der Journalist Jeff Plummer im Hochmoor entdeckte, gab nicht viel her für einen Artikel in seiner Zeitung. Doch dann entdeckt seine Freundin Sarah einen Hinweis, der die beiden auf eine gefährliche Spur bringt ... Schauplatz: Manchester und Umgebung

Donald MacKenzie
Auf Messers Schneide
160 Seiten. Band 4479.

Neil MacFarlane ist pleite. Der kanadische Glücksspieler hat seine letzten Dollars im Casino von Cannes verloren. Da erscheint der Engländer Paul Anstey als rettender Engel. Er begleicht MacFarlanes Hotelrechnung und verlangt dafür nur eine kleine Gefälligkeit ...

WILHELM GOLDMANN VERLAG MÜNCHEN

Goldmann rote KRIMI

Hartley Howard
Selig, die die Schnauze halten
160 Seiten. Band 4480.

»Suchen Sie Frank Crossland!« Ein Routineauftrag für Glenn Bowman, den Privatdetektiv aus New York. Die Spur führt nach Mexiko. Das erschwert die Suche für Bowman. Denn Mexiko umfaßt rund zwei Millionen Quadratkilometer, und ein Toter benötigt höchstens zwei Quadratmeter unter der Oberfläche ...

Elliot Kennedy
Im Blei steckt keine Liebe
160 Seiten. Band 4481.

Auch in seinem sechsten Fall – der mit einem mysteriösen Fenstersturz beginnt – lernt der Privatdetektiv Griff Dexter seltsame Zeitgenossen kennen: einen Kriminalbeamten auf Abwegen, eine Nachtklubtänzerin, einen Spielbankbesitzer und ein Ehepaar mit Haken und Ösen ... Schauplatz: Los Angeles

---

Harry Carmichael
Safe-Geheimnisse
160 Seiten. Band 4482.

Der Buchhalter Dick Thornton galt als ein ehrlicher, rechtschaffener Mann. Doch dann verschwand er auf Nimmerwiedersehen – und mit ihm 35 000 Pfund in bar.
Versicherungsdetektiv John Piper und sein Freund Quinn verfolgen Thorntons Spur ... Schauplatz: London

WILHELM GOLDMANN VERLAG MÜNCHEN